뒷걸음치다 술독에 퐁당

뒷걸음치다 술독에 퐁당
한지혜 지음

차례

프롤로그: 아삭아삭, 아직은 설익은 인생

하여튼 간 년 나중에 크게 될 거야   8

미안한데, 한계가 보여   12

솔직히 말하자면 기대 이하였어요   17

그러게 진작 공무원 시험을 봤어야지   22

1장. 비틀비틀, 막걸리에게로

막걸리를 빚으며 살아도 좋을 것 같은데   26

막걸리라는 세계를 엿보자고   31

풍당! 내 입맛에 딱 맞는 막걸리는 어디에?   36

첫 술이 가르쳐준 숨 쉬기   39

일단 동아줄을 잡아보자   44

사실 아무도 나를 믿지 않았다!   50

양조를 알면 알수록 못 하겠어   55

풍당! 쌀·누룩·물이 만드는 무궁무진한 세계   60

다시 네 번째 인턴 생활   64

쌀벌레가 생길 줄은 몰랐어   73

풍당! 집에서 만드는 막걸리   80

2장. 우당탕탕, 내가 자영업자라니?

술을 팔지 못한다면 경험부터 팔자!　　84

태초에 보따리장수가 있었다　　93

내향인의 마케팅은 은근하게　　98

홧김에 신림동 매장을 계약하다!　　104

돈이 없다면 인테리어는 셀프지　　111

개업을 회피하고 싶었다고 고백해 본다　　118

그럼 감당할 수 있는 만큼 일을 벌여야지　　122

실패한 팝업 막걸리 칵테일 바　　130

돈 대신 넘치는 시간을 쓰자　　135

퐁당! 1인 자영업자가 해내야 할 멋진 일 목록　　142

잘되는 건 하늘의 뜻이겠거니　　146

무조건 자치구와 친해질 속셈이다　　150

3장. 으랏차차, 양조장을 열자!

나 홀로 소규모 주류 제조 면허 받기　156

내 막걸리니까 내가 좋은 걸로　164

단 하나는 위험하잖아!　169

마주치는 손님이 좋아　174

퐁당! 막걸리와 어울리는 안주들　178

첫 막걸리와 그 뒷이야기　182

몸과 마음이 튼튼한 양조사만 살아남겠다　188

퐁당! 빙글빙글 돌아가는 양조사의 1년　194

모쪼록 목숨부터 잘 챙겨야지　198

자꾸만 욕심이 나네　202

지속 가능한 제조를 위하여　207

사실은 어둠의 마케팅단이 있어　215

퐁당! 특별하게 즐겨보는 막걸리　218

에필로그: 보글보글, 오늘도 익어갑니다

워라밸 대신 워크 이즈 라이프　222

순환하는 다정에 대하여　227

막걸리도 나도 여전히 살아있어　231

작은 꿈도 괜찮잖아　236

프롤로그: 아삭아삭, 아직은 설익은 인생

하여튼 간
넌 나중에
크게 될 거야

"응, 그래. 하여튼 간 너는 나중에 아주 크게 되겠어."

열여덟 살 먹은 아이들이 모두 자기 자리에 얌전히 앉아 있던 어느 아침 혹은 오후, 담임 선생님은 나를 향해 대뜸 이런 말을 던졌다. 의뭉스럽게 술렁이는 분위기 속에 가장 당황했던 건 나였다. 내가 왜? 도대체 어떤 이유로?

나를 혼란스럽게 한 문장이 온 교실에 울려 퍼지기 하루 전, 정확히 기억나지는 않으나 당시 선생님은 학생들에게 독특한 숙제를 하나 내주었다. 무슨 얘기든 좋으니 휴일 동안 자신에게 문자를 한 통 보내라고. 짧은 생애 동안 받아 본 적 없던 요구였다. 도대체 무슨 말을 적어 보내야 한단 말인가? 담임 선생님은 무섭기로 전교에 소문이 난 사람에, 나는 원체 어른들께 살갑게 대하지 못하는 성격이었다. 괜히 말을 잘못 꺼냈다가 꾸지람이라도 듣게 되는 건 아닐지. 뭐라고 해야 이 일을 무난하게 넘길 수 있을까 갈피가 잡히지 않았다. 내일 숙제를 안 해왔다고 혼나지 않으려면 일단 문자 메시지를 전송하긴 해야 하는데…….

꽤나 길게 고민하다 결국 선택한 화젯거리는 이거다.

안녕하세요, 선생님. 오늘만 반값 할인하는 ○○○ 피자 드셨나요? 저는 몇 시간 전부터 계속 주문을 시도했는데 실패했어요 ㅠㅠ

대충 이런 식의, 피자 가게가 엄청난 할인 행사를 하는데 못 사 먹게 되어 슬프다는 내용이었다. 그 후 답장을 받았던가? 아마 답장이 오지는 않았던 것 같다. 그래도 퍽 시답잖은 이야기라 괜찮겠지, 아무렴 숙제는 한 거니까 별일은 없겠지, 하며 잠에 들었다.

그리고 다음 날이 되어 나는 수십 명의 동급생들 사이에서 나 홀로 얼굴을 붉히게 되었다. 학급 공지가 전달되는 동안 따로 숙제에 대한 언급이 없기에 괜히 문자를 남겼나 생각하던 것도 잠시, 갑자기 선생님이 대뜸 내 이름을 부르는 게 아닌가.

"너는 뭐 피자가 어쩌고 할인이 어쩌고, 이해하기 어려운 말을 적어 놨던데. 하여튼 간 너는 나중에 아주 크게 되겠어.”

민망함에 기억은 열화되어 대부분 날아갔지만, 담임 선생님은 남은 시간을 몽땅 내 얘기로 채우다가 교실 밖으로 휙 나가셨다. 대충 당돌했다, 독특했다, 이런 감상이었던 것 같다.

어제가 후회됐다. 피자 같은 멍청한 소리를 하지 말걸. 다른 애들은 어떤 문자를 보냈길래! 선생님의 말이 나를 비꼬기 위함이었는지, 혹은 진심을 담은 축복이었는지 알 수 없었다. 사실 아직도 모르겠다. 그냥 딸뻘의 어린 제자가 쥐어 짜낸 말이 곱씹어볼수록 어이가 없고 기가 막혀서 튀어나온 반응이었을지도.

그런데 10년도 더 흘러서, 요즘따라 왜 자꾸 그 말이 머릿속에 맴도는 것일까? 미래에 크게 되리라는 예언을 듣던 순간에 나는 울지도 웃지도 못한 채 뻣뻣하게 굳어 있기만 했다. 하지만 속으로는 ‘응, 나는 당연히 남다르게 성공할 건데’라고 생각했던 것 같다. 단지 겸손해야 한다는 사회 통념상 겉으로 드러내지 않았을 뿐이다. 고백하자면 아주 어릴 적부터 축적한 자신감이었다. 성공하리라는 예감에 대한 근거나 성공해야만 하는 이유는 없었다. 그저 살다 보니 나름 여기저기서 상도 많이 받아봤고, 웬만한 건 별다른 노력을 하지 않아도 평균 이상으로 해냈으니까. 그러니 아마 미래에도 역시 타인보다는 뛰어난 성과를 거두리라.

'사람들이 나를 주목하고, 칭찬하고, 인정하고, 돈도 많이 벌어서 집도 사고, 사랑하는 사람과 화목한 가정도 이루고……. 어쩌면 아예 전 세계적으로 유명해질지도 모르는 일이지. 인터뷰에서 성공의 비결을 물어보면 뭐라고 답하면 좋으려나?'

어린 두뇌로 할 수 있는 만큼 상상하면서, 나는 성공이라는 종착지에 가기 위해 차곡차곡 계획을 세우곤 했다.

'일단 재수는 안 돼. 무조건 스무 살에 바로 원하는 대학에 가는 거야. 동기 몇 명과 친해지고 재밌는 동아리 생활도 하면서 추억을 쌓아야지. 그다음엔 아르바이트를 하며 용돈을 벌고, 휴학도 하자. 한 1년은 왕창 놀았다가 4학년 때는 대기업에서 인턴십을 하는 거야. 졸업과 동시에 취업을 하면 딱이겠다. 입사까지 시간이 나서 좀 쉬면 좋겠는데. 일 잘하는 사람으로 소문나서 업계에 이름을 날리고, 이직도 몇 번 하면서 연봉도 올리자. 그러다 취미로 하던 창작이 대박이 나서 다니던 회사를 관두고 예술 쪽으로 전향할 수도 있겠다. 그럼 모은 돈으로 집도 짓고, 개도 키우고……. 다들 그러듯이 착실하게 살되, 아마 타고난 재능으로 훨씬 많은 성과를 내면서 말이야.'

……인생에 계획은 별 소용이 없다는 걸, 고작 스무 해도 살지 않았던 나는 몰랐다.

미안한데,
한계가
보여

자, 성공한 어른이 되기 위한 첫 번째 단계는 대학교 진학이다. 6년의 초등학교 과정, 3년의 중학교 생활, 마지막으로 또 3년간의 고등학교 입시를 버텨낸 한국인이라면 응당 대학에 가야할 순서가 아닌가. 실업계 고등학교에 다니며 취업을 준비한 것도 아니니, 남들처럼 대학 졸업장은 있고 봐야지. 그래야 다음 단계인 대기업 취직도 가능할 테니.

무조건 한 번에 합격한다. 그야 대부분 스무 살에 대학에 입학하니까. 지금 하는 공부도 하기 싫어 죽겠는데, 이걸 1년을 더 할 수는 없다. 게다가 재수를 하면 사회의 출발선에서 남들보다 1년이나 늦게 출발하게 되잖아? 내 미래에 재수나 삼수 같은 변수는 없다.

하지만 대한민국 입시는 쉽지 않았다. 나는 수시 전형으로 다섯 개의 대학에 지원했다. 그리고 비장한 다짐이 무색하게, 모두 떨어지고 말았다. 내가 준비한 수시 전형은 자기소개서와 포트폴리오를 제출해 평가받는 방식이어서 한 학기 내내 머리를 싸매며 서류를 꾸렸다. 글을 쓰고 또 쓰고, 고치고 또 고치던 밤이 얼마나 길었던지. 어느 날은 담임 선생님에게 자기소개서 첨삭을 받다가 "네가 글을 열심히 쓴 건 알겠는데, 한계가 보여"란 말을 들었다.

음, 이건 내가 그동안 상상했던 그림이 아닌데. 나는 수월하게 합격해야 하는데?

그날 야간 자율학습 시간에 나는 복도에서 펑펑 울며 부은 눈으로 문제집을 풀었었다, 선생님의 예상이 틀리길 바라면서. (결국 내가 아닌 선생님의 예상이 맞았지만.) 원서비만 잔뜩 날린 채 나는 수능을 준비했다. 다행히 수능 성적은 그동안 봐왔던 모의고사 성적과 비슷하게 나왔고, 이 정도면 원래 가고자 했던 대학의 학과는 무난하게 합격할 만했다. 혹시 금년도 지원자가 폭증해서 탈락하면 안 되니까, 대학마다의 성적 반영 비율을 꼼꼼히 따지며 높은 확률로 합격할 것 같은 다른 대학도 골라 원서를 넣었다. 여전히, 재수는 내 계획이 아니라서.

결국 가, 나, 다 군의 모든 학교에서 합격 연락을 받았다. 이건 계획대로 되었다. 그러나 입학할 학교를 결정하는 최종 순간에, 나는 수험 생활 내내 염원했던 대학과 전공이 아닌 다른 선택지를 골랐다. 너무 뜬금없는 선택이어서 담임 선생님이 놀랄 정도였다. 마음이 바뀐 데에 대단한 이유가 있는 건 아니었다. 최종으로 선택한 대학이 집에서 조금 더 가깝다는 것과 학벌이 조금 더 높게 평가받는 곳이라는 것, 그리고 원래 진학하고자 했던 문화예술경영학과보다는 일반 경영학과가 졸업 후 두루 써먹기 좋을 것 같았기 때문이다. 합격한 학교들 중에는 장학금에다가 기숙사 입주까지 우선적으로 보장해 주는 조건도 있어 더 신중하게 고민해 봐도 좋았겠지만, 충동적으로 결정을 내렸다.

그렇게 바라던 대로 스무 살에 대학교 새내기가 되었지만 제대로 알아보지도 않았던 낯선 학교에 입학하게 된 탓인지 인생은 또 내 마음대로 흘러가지 않았다. 친한 동기들과 왁자지껄 재미난 캠퍼스 생활? 그런 건 없었다. 한 학년에 300명이 넘는 대형 학부에서 사람들을 한꺼번에 마주하니 갑자기 사회성이 역류했다. 원래도 사근사근한 편은 아니었지만, 급성 사람 알레르기라도 생긴 것인지 과 생활이 너무 불편해서 온갖 행사를 피해 다녔다. OT와

MT는 모르는 사람들과 며칠을 억지로 붙어있어야 하니까, 술자리는 돈만 내고 어색하게 앉아 있다가 빨리 귀가해야 하니까 근처에도 가지 않았다. 심지어 과잠, 새내기 대학생이라면 하나쯤 갖게 된다는 그 유명한 점퍼도 안 샀다. 어쩌다 친구 몇 명을 사귀긴 했지만 깊은 관계를 맺을 수도 없었고 오래가지도 않았다.

동아리도 마찬가지였다. 마치 가족같이 단란하고 훈훈한 분위기를 꿈꾸며 연극부에 들어갔는데, 이래저래 상상과 달라 정도 못 붙이고 한 학기 만에 탈퇴했다.

마음 편히 기댈 곳 하나 없었던 광활한 학교에서 언젠가 동기들과 걸으며 나눴던 대화가 떠오른다. 우리끼리 항아리에 막걸리를 빚어서 학교 운동장 구석에 묻어두자는 제안을 했었는데, 뜬금없이 꺼낸 이야기였다. 지금 생각해 보면 그냥 뭐라도 학교와 얽힌 특별한 기억을 만들어 두고 싶었던 것 같다. 그러나 왜인지 내 주변에는 나 빼고 막걸리를 좋아하는 사람이 없어서, 내 터무니없는 이야기는 친구들의 한 귀로 흘러 들어갔다가 다시 한 귀로 흘러나와 바람을 타고 사뿐 날아가 버렸다.

그다음은 어떻게 되었는가. 갖은 팀 프로젝트를 겪으며 인간에 대한 신뢰를 잃어버리고, 예민함과 오만함이 하늘로 치솟고, 생의 첫 기숙사 생활을 작은 지옥으로 만들어 버렸다. 오랫동안 바라던 휴학도 해보았으나, 그와 동시에 쉬지 않고 아르바이트를 하며 사회생활의 쓰디쓴 맛을 보기도 했다. 그리고 드디어 4학년, 마지막 학기 종료를 앞두고 스타트업 인턴십 기회를 잡았지만 또 대뜸 입사를 반려하고 사회혁신 대외활동을 하러 떠났다. 이어진 세 번의 인턴십, 그리고 무수히 많은 취업 실패. 실패, 실패, 실패.

입사와 퇴사 사이의 공백마다 눈물을 줄줄 흘렸다. 이 사회 어디에도 소속되지 못했다는 사실이 나를 짓눌렀다. 나를 소개할 언어를 잃어버린 느낌은 수치와 절망을 동반했다. 남몰래 세웠던 계획이 모두 어그러지고 누구보다 성공할 수 있다던 어린 자신감이 모두 닳아 없어질 때쯤, 나는 운 좋게 그토록 바라던 정규직 마케터 자리를 꿰찰 수 있었다. 오래도 견뎌왔다. 이제는 원하던 인생을 살 수 있다. 그렇게 생각했다.

사실 회사원을 꿈꾸게 된 결심의 순간은 기억나지 않는다. 근사한 이유도 없었다. 왠지 대학을 졸업하고 나면 당연히 취업을 해야할 것 같았다. 마침 주변 사람들도 다니고 싶은 회사가 있거나 이미 어느 회사에 입사해 직장을 다니고 있었고, 생각건대 안정적으로 먹고사는 가장 쉬운 방법 역시 회사에 들어가는 거였다. 순리처럼 느껴지는 흐름에서 이탈할 용기는 없었다.

취업에 성공하고 싶은 마음이 얼마나 간절했던지, 지금의 나보다 더 어렸던 그때의 나는 합격 한 번에 웃고 불합격 한 번에 울었다. 오로지 취직만이 목표였으니까, 불합격 통보를 받을 때면 온 세상으로부터 거절당한 것 같아 깊게 상심하곤 했다. 그래도 언젠가 제대로 합격만 하면 모든 지난날은 잊히고 썩 괜찮은 인생을 살 수 있으리라 믿었다. 미련하게도. 2년이 조금 넘는 동안 네 개의 회사를 거치며 도통 원하는 결말에 다다르지 못하는 데도 계속해서. 달콤한 꿈이 허구를 선언하고 나를 궤도 밖으로 내쫓을 때까지.

되돌아보면 회사 생활은 언제나 버거웠다. 객관적으로 준수한 조건의 회사에서도 나는 온전히 힘들어했다. 그럴 때마다 '낮은 연봉이 문제일 거야', '불안정한 비정규직이라 그런 걸 거야', '원하는 업무를 아직 못 해봐서 그런 거야', '이 회사가 성장 가능성이 낮아서 그래' 하며 스스로 둘러댔다. 변명을 찾는 건 쉬웠다. 찾아낸 이유는 곧 선명한 환상이 됐다. 힘겹게 입사한 회사에서 신기루를 놓쳐버리면, 나는 다음에 이직할 회사에 환상을 덮어씌웠다. 그 환상의 실체는 존재하지 않는다는 걸 어렴풋이 알게 된 후에도 계속 그렇게 했다. 환영에 눈을 맞춰야 내일을 살아갈 수 있던 시절이었다. 오아시스를 보고 걸음을 내딛는 사막의 조난자처럼.

드디어 정규직으로 입사한 네 번째 직장에서 방황은 끝날 줄 알았다. 하지만 안심은 일주일도 채 가지 않았다. 주어진 수습 기간 3개월을 온갖 실수로 가득 채우며 나는 결국 또다시, 그리고 아마 마지막일 퇴사를 했다.

　내내 불안하던 날들이었다. 마지막 직장은 꽤 준수한 곳이었고 웬만하면 오래 잘 다니고 싶은 욕심이 생겼다. 그러나 그 욕심이 순식간에 불안으로 전환되어 버렸다. 수습 평가에서 낮은 성적을 받아 정규직으로 전환이 되지 않으면 어쩌지 하는 걱정이 도화선이었다. 하필 신생 스타트업이라 조직 내 동료들끼리 서로를 평가하는 문화가 활발하게 돌아갔던 건 촉매가 되었고, 남의 시선을 과하게 신경 쓰는 내 성정은 불행을 점화했다. 조금의 실수도 하면 안 된다는 강박이 오히려 실수를 와르르 쏟아내게 했다.

　나에 대한 평가는 한마디로, 안 좋았다! 내가 적극적으로 의견을 피력해 보면 워딩이 너무 세다는 말을 들었고, 반대로 듣기만 하고 있으면 가만히 있어 실망스러웠다는 말이 뒤따랐다. 내가 선보이는 기획 의도나 결과물은 번번이 지적당했고, 다른 사람의 권유대로 수정을 하든 내 고집대로 밀고 나가든 성과도 저조했다. 실력을 의심당하는 건 당연한 수순이었다. 입사한 지 한 달도 되지 않아 '이 정도는 할 수 있을 줄 알고 뽑았다'는 이야기를 듣게 되었을 때, 가슴이 철렁 내려앉는다는 관용구를 물리적으로 이해했다. 언제나 '솔직히 말하자면'으로 시작했던 상사와의 대면 피드백 시간이 오면 말 그대로 심장이 떨렸다. 뒤에 이어지는 건 어 쨌든 실망스러웠다는 이야기였으니까.

제대로 취업만 하면 내게 생겼던 모든 염증이 하루아침에 해결 되고 인생이 바뀔 거란 순진한 믿음이 있었는데, 상처는 아물 새 도 없이 덧나기만 했다. 수습 기간이 한 달쯤 지나고 받았던 팀 내 부 평가 결과지에서는 '소속감 없이 행동한다', '피드백에 공격적 으로 반응한다', '적극적으로 질문을 더 해줬으면 좋겠다', '직무 역량이 부족한 것 같다' 등의 의견이 적혀 있었다. 그래, 모두 내가 한 일이 맞지. 그곳에서 나는 그저 실패자였다.

그쯤부터 매일 울면서 퇴근했던 것 같다. 지하철에서 황급히 내려 역사 구석에서 멈추지 않는 눈물과 콧물을 벅벅 닦았던 날 도 있었다. 집에 도착하고 나서는 한동안 바닥에 납작 엎드려 있 어야 했다. 저녁을 살아갈 힘이 없었다. 밥도 제대로 챙겨 먹지 않 고 밤 시간을 뭉개다 보면 곧 아침이 찾아왔다. 다시 회사에 가야 하는 시간이었다. 진창 안에서, 똑같은 생활이 반복됐다.

막막한 현실을 바꿔 보려고 나름의 노력도 해봤지만 깊은 패배 감에서 빠져나올 수 없었다. 만약 시간이 더 주어진다면 더 나은 사람이 되어 조직에 다시 잘 적응할 수 있을까? 전혀 알 수 없었다. 그러니까 당시 내가 할 수 있었던 최선은 퇴사였다. 나를 위해서, 그리고 동료를 위해서도 그게 옳았다.

성공을 향한 계획은 포기한 지 오래. 결과는 실패다. 스물일곱의 절반을 보내고 그토록 바라던 정규직 마케터로 입사한 지 세 달 만에, 나는 도망쳤다. 회사로부터 멀리멀리, 퇴사라는 결정을 돌이킬 수 없도록 더 멀리 달아났다.

그러게 진작
공무원 시험을
봤어야지

생명체의 굴레란, 탄생 이후 결국 죽기 위해 살아간다는 것이다. 하릴없이 죽어가는 와중을 조금이라도 더 잘 살아 보려고 죽을 만큼 노력하면서. 그동안 나도 남들과 같이 아등바등 살았다. 최선을 다한 정도까지는 아니었지만 나름의 힘을 들였다.

언젠가의 보답을 바라며, 회사에 다닐 때도 전형적인 일상을 살았다. 아침 일찍 일어나 그 혼잡함이 지옥과 같다는 서울의 지하철을 타고 출근해 8시간 이상을 컴퓨터 앞에 앉아 있었다. 점심시간으로 주어지는 1시간은 언제나 순식간에 지나갔고, 그마저도 동료들과 어떻게 잘 어울릴 수 있는지를 고민하느라 딱히 쉬는 기분도 아니었다. 오늘 맡은 할 일을 다 해냈는지, 또 내일은 어떤 일을 해야 하는지 점검하며 일과를 마무리하고 나면 다시 사람으로 가득 찬 퇴근길 지하철로 향했고, 가끔은 야근을 하기도 했다. 그러다 입사의 기쁨이 사그라드는 때가 오면 망연한 공허를 느꼈다. 하루의 절반 이상을 오직 일하는 데 할애했지만, 그렇다고 일을 즐기는 것도 아니었다. 하고 싶던 직무이기는 했지만 마냥 좋지도 않았고, 보람이나 보상도 순간일 뿐이었다.

이 삶이 정녕 내가 바라던 게 맞나, 언제나 헷갈렸다. 이토록 나를 소모하여 종국에 남게 되는 것은 무엇일까. 성공한 삶, 아니 적어도 괜찮은 삶을 살겠다는 흐릿한 목적은 독이 됐다. 도대체 언제까지 이 반복을 견뎌야 하는지 알 수 없었다. 무엇이 성공이고 괜찮은 것인지 정의 내리지도 못 했기에 나는 이도 저도 못 하고 그저 우두커니 갑갑해했다. 그러다 아무런 해소도 하지 못하고 최악의 상태로 회사에서 나오게 된 거다.

얼마 전에 드디어 제대로 취업에 성공했다며 거하게 식사를 대접했던 딸내미가 퇴사 소식을 알리자 엄마는 한숨을 쉬었다. 아빠는 그러게 진작 내가 공무원 시험을 보라고 하지 않았냐며 익숙한 타박을 했다. 조금 쉬다가 이직할 거라고 답하기는 했지만, 글쎄. 사실 자신이 없었다. 어느 회사에 가든 회사는 회사다. 비슷비슷한 환경에서 난 또 비슷한 실패를 겪겠지. 또다시 능력도 없고 쓸모도 없는데 성격도 별로인 하자품 취급을 당할까 봐 두려웠다.

사람 사이에 섞일 자신이 없어 생각해 낸 도피처는 창업이었다. 자본가로 태어나지 못한 이상 노동은 숙명이다. 나의 숙명에 저항할 의지는 없었다. 다만 이왕 일생을 바칠 노동이라면 마음이라도 편한 것이 좋지 않을까. 직종만 잘 고르면 직원을 두지 않고도 혼자 충분히 일할 수 있으리라. 업무 시간이나 형태도 상대적으로 자유롭게 정할 수 있겠지.

하지만 창업은 내가 단 한 번도 고려해 본 적 없던 영역이었다. 대학에서 경영학을 전공하긴 했지만 학부 생활 동안 내내 취업만 생각했었다. 내가 소화할 수 있는 범위 밖의 일이라는 기분이 들었지만, 그렇다고 취업을 잘 소화해냈는가? 지금 체해서 나동그라져 있지 않나. 그럼 창업에 한번 도전해 봐도 피차 잃을 건 없지 않을까? 잘 해낼 자신은 없었지만 가만히 말라 죽어가고 싶지도 않았다. 실패에 또 하나의 실패를 더 한다고 뭐 그리 달라지겠어.

부모님께 창업을 해볼 거라는 새로운 계획을 알렸다. 엄마는 그래, 쉬엄쉬엄 하고 싶은 건 해보라는 말을 남겼고, 아빠는 여전히 쓸데없는 짓은 하지 말고 그냥 공무원 시험 준비를 하라고 했다. 그렇게 시작되었다, 나의 막걸리 양조장 창업기는.

1장. 비틀비틀, 막걸리에게로

막걸리를 빚으며
살아도
좋을 것 같은데

회사 밖의 삶을 상상하기 시작했을 때, 혼자 할 수 있는 일이라면 무엇인들 괜찮다고 생각했다. 왠지 조용히 지낼 수 있을 것 같은 도배나 청소, 물류 정리를 떠올리기도 했다. 이것저것 상상해보다가 대수롭지 않게 꺼내든 화제가 막걸리 양조였다. 왜 아무 맥락도 없이 머릿속에서 막걸리가 튀어나왔을까? 연유는 아직도 알 수 없다.

종종 나에게 타고난 사랑이 부족하다고 생각했다. 호감 정도의 감정이야 자주 느끼지만 진정으로 사랑이라 부를 만한 것은 딱히 꼽을 수 없었다. 순간 열렬하게 몰입하다가도 곧 마음이 식어버리기 일쑤였다. 막걸리도 단순히 '그럭저럭 좋아함' 목록에 껴 있던 것 중 하나였다. 원체 술을 좋아해서 술은 평생 마시겠다 싶었는데, 그 와중에 증류주나 와인은 취향이 아니라 남은 종류가 막걸리와 맥주였던 거다. 심지어 막걸리는 주변에 좋아하는 친구들도 별로 없는 탓에 마셔본 경험 자체가 적었다. 그런데도 왠지 사부작사부작, 작은 규모로 막걸리를 빚어 파는 삶이 쉽게 그려졌다. 양조라는 평생 써먹을 수 있는 전문 기술에, 한국인으로서 전통을 이어 나간다는 자부심도 가질 수 있을 것 같았다.

'음, 나름 괜찮을 것 같은데.'

하필 막걸리여야만 하는 타당한 이유는 없었다. 몇 대째 내려오는 가업을 물려받았다든가, 전통문화나 지역을 살리겠다는 엄청난 의지나 사연이 있는 것도 아니었다. 막걸리 시장에 대한 분석 같은 건 시도도 하지 않았다. 거창한 고민도, 논리도 없었다. 그냥 막걸리라면 꽤 좋겠지, 아니어도 나쁠 건 없고. 딱 그 정도의 마음가짐이었다. 절박하게 살다 보면 허무하게 죽게 된다고 믿으니까. 어쩌면 언제든지 훌훌 털어버릴 수 있게, 가벼운 마음으로 시작하는 일이 제일 오래갈지도 몰랐다.

평소에 막걸리를 자주 마시는 것도 아니고 맛있다고 이름난 막걸리를 다 마셔본 것도 아니었다. 하지만 성인이 되어 술이라는 걸 마시게 된 후로 막걸리에 대한 애정이 은근하게 생겨났다. 원체 달콤하고 청량한 술을 좋아하는데, 막걸리가 딱 그랬다. 자글

자글한 탄산은 시원하고, 은은한 쌀의 풍미도 마음에 들고. 막걸리가 풍기는 서민적인 분위기도 좋았다. 흔히 곁들이는 김치찜이나 부침개 같은 안주도 마침 내가 좋아하는 음식이다. 남들은 막걸리를 마시고 숙취 때문에 고생한다는데, 아직 그 정도로 만취해 본 적이 없어 딱히 두렵지도 않았다. 타오르는 열정에는 못 미쳐도 여러 날을 은근히 좋아해 왔으니 쉽게 싫증이 나지는 않겠거니 했다. 막걸리에 나의 취향을 듬뿍 담아 맛도 가격도 내 마음이 편하고 즐거운 방식으로 만들어 팔면 남은 삶을 만족스럽게 보낼 수 있지 않을까? 타인의 간섭이 닿지 않는 나만의 작은 막걸리 양조장 안에서 이제는 질리지 않고, 지치지 않고, 꾸준히 오래 일을 할 수 있을 것 같은 예감이 들었다. 아는 게 별로 없어서 그런지 오히려 더 구체적이고 희망찬 광경을 상상할 수 있었던 덕이기도 했다.

'한번 해볼까?' 하는 얕은 충동이 다음 순간을 결정했다. 누군가는 이렇게 안일한 태도로 살지 말라며 호통을 칠 수도 있겠다. 하지만 너무 뜨거우면 타버리고, 너무 차가우면 굳어버리는 게 세상의 이치. 이 정도의 미지근함이 살기 딱 좋은 온도가 아닐까 싶었다. 적당한 열의는 이성적인 판단을 가능케 하고, 쉽게 휘둘리지 않을 여유를 주지 않던가.

서술의 시간을 잠시 뛰어넘자면, 여기까지 와보니 그다지 절실한 선택이 아니어도 괜찮은 것 같다. 사소한 동력만으로도 나아갈 수 있었다. 솔직히 평생을 바칠 단 하나를 고르는 건 너무 어렵다. 그런 일을 찾는 것부터가 쉽지 않거니와, 찾았다고 해도 중간에 몇 번이고 낭패를 겪을 거다. 기껏 결정을 내렸어도 흥미는 영원하지 않고, 반복되는 일에 지칠 수도 있다. 회사원을 꿈꾸던 몇 년 동안 나는 곧 죽어도 마케팅을 할 거라고 결심했었는데, 결말은 이미 보셨다시피.

만약 일이 잘 풀렸어도 갑작스럽게 건강이 나빠져 일을 감당할 수 없는 몸이 될지도 모른다. 더 능력 좋은 사람이나 기술이 나타나 내 자리를 꿰찰 수도 있고, 극단적인 상상을 하자면 급격한 사회 변화로 일자리가 송두리째 사라질 수도 있다. 혹시 모를 앞날을 나열해 볼수록 완전한 선택은 없다. 이 사실을 알고 나니 제대로 설명하지도 못했던 성공이라는 목표가 얼마나 허황된 것이었는지 뒤늦게 깨달았다. 순간의 이탈을 실패로 규정했던 과거가 우스워진다.

어디 가서 막걸리를 만든다고 어엿이 말할 수 있는 지금이지만, 아직도 '막걸리가 아니면 죽음을!' 같은 생각은 하지 않는다. 고작 하나의 어긋남으로 모든 걸 포기하기에는 조금 억울하다. 여

차하면 다른 일을 하면 되지. 중요한 건 일 자체가 아니라 나 자신
이라고, 오지도 않을 먼 미래가 아닌 지금 내가 느끼는 현재라고,
삶의 목적이 전복되지 않도록 늘 주의하고 있다. 그러니까 무엇을
고민하든 그냥 한번 해보면 된다는 말을 전해 본다. 만약 잘되지
않아도 인생은 참 길어서, 회복할 시간은 충분하다. 나를 책망할
권리는 그 누구에게도 없다.

막걸리라는
세계를
엿보자고

막걸리 양조장을 차리겠다는 과감한 결정은 사실 터무니없는 공상에 가까웠다. 당시 내가 막걸리를 몰라도 너무 몰랐기 때문이다. 마트나 편의점에서 흔히 볼 수 있는, 페트병에 담긴 2,000원 내외의 막걸리가 내가 알고 있는 세계의 전부였다. 그마저도 몇 병 마셔 봤을까. 막걸리를 좋아한다고 인정받기에도 애매한 상황인데, 하물며 막걸리를 직접 만들어 본 적이 있을 리가 없었다. 친한 지인들에게만 내 야심찬 청사진을 살짝 들려줬었는데, 그중한 친구는 내가 지금 당장이 아니라 훗날 노년이 되어 은퇴하고나서 막걸리 사업을 할 거라는 말로 이해했다. 다른 사람 눈에도 내가 막걸리와 썩 어울리는 모양이 아니었던 거다.

이토록 심심한 과거를 상쇄하기 위해서는 아무래도 진취적인 행위가 필요했다. 전국 팔도의 양조장을 찾아다녔다든가, 눈에 띄는 막걸리란 막걸리는 전부 사 먹었다든가, 집에서 주경야독하며 온종일 술만 담갔다든가 하는 일화 같은 것들. 그러니까 누가 봐도 성공했다는 소리가 나올 만한 사람이 들려주는 일대기 속의 에피소드 같은 일들 말이다. 하지만 겁 많은 나는 그러지 못했다. 그 어떤 성공도 보장되지 않는 판에 함부로 나를 쏟아붓는 게 불안했다. 그래서 만에 하나 이 모든 게 의미 없는 일이 된다 해도 아무런 후폭풍이 없을 만큼만 움직이기로 했다, 아주아주 미약하게.

나의 안전하고 소심한 첫 번째 선택은 인터넷 검색이었다. 어린시절부터 모르는 문제가 생기면 알 만한 사람을 찾아가기보단 혼자 검색해서 해결하곤 했다. 빚지는 일이 생기지 않는 건 당연하고, 어떤 면에선 시간과 노력도 덜 드니까. 그렇게 나는 내게 익숙한 방식으로 막걸리에 대해 조사하기 시작했다. 처음 막걸리를 검색하자마자 놀랐다. 패키지 디자인이며 가격이며 모두 내 고정관념에서 크게 벗어나 있었기 때문이다. 마치 와인처럼 유리병에 담겨 예쁘게 꾸며진 막걸리들이 눈에 띄었고, 가격도 병당 1만 원을 훌쩍 넘는 게 상당수였다. 종류도 정말 다양했다. 쌀 막걸리가 제일 많았지만, 토란을 포함한 채소부터 멜론 같은 과일이며 여러 허브까지, 특색 있는 재료를 첨가한 제품들도 꽤 있었다. 이 많은 막걸리들이 도대체 어디 숨어 있었던 거지? 후기의 개수로 보건대 사실은 숨겨진 게 아니라 나만 모르고 있었던 게 확실했다. 인기가 많은 유명 막걸리를 구매하기 위해 입고 시간까지 대기하거나 긴 줄을 기다렸다는 이야기도 보였다. 그 뒤엔 준비된 물량이 빠르게 매진되었다는 소식이 자연스럽게 덧붙었다. 모든 문화가 그렇듯 전통주도 마니아층이 제법 탄탄했다. 그들이 온라인에 남겨 놓은 정보를 두리번거리는 건 흥미로웠고, 무엇보다 안락했다. 집에 편히 앉아 손가락만 움직였으니까. 나는 평화로운 탐험을 계속하며 슬쩍 발을 내밀어볼 자리를 찾았다.

당시는 코로나 팬데믹의 여파로, 온라인 통신 판매가 가능한 전통주 시장이 급격하게 성장하던 때였다. 전통주 사업에 뛰어드는 신규 사업자도 많아져서, 전국의 소규모 양조장 역시 함께 늘어나고 있다는 뉴스도 쉽게 접할 수 있었다. 길거리에서 마주친 적은 없어도 통계를 보니 서울 소재 양조장도 수십 개였다. 유행어처럼 젊고 '힙한' 이미지로 온라인 바이럴에 성공한 막걸리가 그들을 대표했다. 수출 규모도 몇 년 전보다 커지고, 아예 해외에 막걸리 양조장을 차린 사례도 보였다. 거창하게 시장 조사를 한 건 아니지만 기사 몇 개만 봐도 대충 감이 잡혔다. 제품 특성은 까다로운 데다가, 친숙하고 저렴한 공장형 주류 혹은 차별화된 고급

형 주류로 확실하게 이분화된 소비층, 그 와중에 자본은 한쪽으로 쏠려 있고, 반짝 커진 시장은 아마 곧 새로운 변곡점을 맞이할 거다. 그렇다면 오히려 상상하던 나만의 조그만 양조장이 복작복작한 틈새에서 조용히 살아남아 더 오래 버틸 수도 있겠다 싶었다.

활자로 적힌 남의 감상을 읽는 것만으로는 부족해 이젠 조금 더 적극적으로 행동해 보기로 했다. 하지만 내 막걸리를 만들겠다고 결심만 했을 뿐, 구체적인 목표가 없었다. 이제라도 계획을 세우려면 우선 술이 낼 수 있는 맛의 범위를 알아야 했고, 얕은 견문을 채우려면 최대한 다양한 술을 마셔보는 게 좋았다. 그러다 운이 좋으면 레퍼런스로 삼을 만한 술을 발견할지도 몰랐다.

하지만 술맛을 탐구하겠다며 무턱대고 한 병씩 턱턱 사 먹기엔 돈이 없었고, 배도 작았다. 또다시 이리저리 손해를 재보던 차에 전통주 갤러리라는 걸 발견했다. 서울시 종로구에 위치한 전통주 갤러리는 농림축산식품부와 문화체육관광부가 전통주를 알리기 위해 만든 홍보 공간인데, 매달 무료 시음회를 진행했다. 탁주를 비롯해 증류주·약주·과실주 등 주종별 전통주를 조금씩 맛볼 수 있는 데다 따로 비용도 들지 않는다니. 딱 나를 위한 행사였다.

기대를 품고 도착한 시음회에서 여러 전통주를 맛보고 나만의 시음 후기를 기록하며 평소라면 눈치채지 못했을 감각에 집중해 볼 수 있었다. 생소하고 어렵긴 했지만 나에게 꼭 필요한 경험이었다. 시음한 전통주에 대한 해설사의 설명을 듣고 궁금한 점을 물어볼 수도 있었다. 시음 시간 자체는 짧았지만 만족스러웠다. 시음회에서 맛볼 수 있는 술은 매달마다 바뀌어서, 나는 첫 방문 이후 세 달을 연달아 전통주 갤러리를 찾아 여러 술을 마셨다. 그러나 안타깝게도 대부분 내 취향과는 거리가 멀었다. 입맛에 맞는 술을 하나도 찾지 못할 때면 왕복 2시간을 들여 거리를 오갔던 일이 괜한 고생처럼 느껴지기도 했다. 알고 보면 나는 술과 안 맞는 사람일지도 몰라서, 꿈이랍시고 잘못된 선택을 해버린 건 아닌지 의심이 들기도 했다.

다행히 한번은 달콤하면서 마치 우유처럼 굉장히 부드러운 질감의 막걸리 제품 하나를 마셔 볼 수 있었다. 그동안 마셔왔던 막걸리와 너무나 다른 결에, 정말 맛있어서 적잖은 충격을 받았다. 그 막걸리가 나의 첫 번째 레퍼런스가 되었다.

'나도 달콤하고 적당한 무게감을 가진 막걸리를 만들어야지.'

어떻게 만드는지는 아직 모르지만, 그런 생각을 했다. 과연 내가 이렇게 맛 좋은 술을 만들 수 있을까? 아니, 의심은 부질없다. 모든 일은 '처음'이란 과정을 겪는다. 첫 술을 빚을 용기가 생겼다.

내 입맛에 딱 맞는 막걸리는 어디에?

양조장 창업을 꿈꾸기 전까지, 내가 아는 막걸리의 세계는 좁디좁았다. 나만 모르는 엄청난 막걸리의 세계가 우물 밖에 있는 줄도 모르는 개구리였다고나 할까……? 사실 이 글을 읽는 여러분도 '아니, 막걸리 종류가 그렇게 많다고?'란 생각이 들 수도 있지만, 그 느낌은 착각이 아닐지도 모른다.

자유롭고 독특한 시도를 할 수 있는 양조장들은 대체로 소규모거나, 통신판매가 허락되지 않는 제조 면허를 갖고 있기 때문이다. 그러니 동네 편의점이나 마트에서는 새로운 막걸리를 발견하기 힘들다.

만약 당신의 압맛에 딱 맞는 막걸리를 찾기 위해 살짝 발품을 팔 수 있다면, 아래 장소에 들러보는 것을 추천한다.

전통주 갤러리

앞서 소개한, 서울시 종로구에 있는 전통주 갤러리에서는 매달 무료 시음회를 연다. 전통주 갤러리 블로그나 인스타그램 계정을 통해 이달의 시음주를 소개하니, 마음 가는 술이 있다면 시음회를 예약한 후 방문해 보길 바란다. 시음회에 참여하지 못하더라도 현장에서 10종 내외의 다양한 막걸리를 구매할 수도 있고, 이따금 양조장과 그 대표 술을 소개하는 주말 부스가 열리기도 한다. 전통주 갤러리 바로 옆에 붙어 있는 식품명인체험홍보관에서는 매달 각 지역의 무형유산으로 지정된 전통주를 직접 빚어볼 수 있는 체험 프로그램도 제공되니, 관심이 있다면 꼭 한번 찾아보는 것을 추천한다.

전통주 전문 바틀샵

전통주에 대한 관심이 높아지면서, 이들만 큐레이션 하는 술집이 늘어났다! 와인 바틀샵처럼 전통주를 종류별로 구비해 놓은 곳도 있고, 아예 전통주와 어울리는 안주를 내어주는 곳도 있다. 지도 어플을 켜고 '전통주' 키워드를 검색하면 의외로 동네에 하나씩 자리한 술집을 찾을 수 있을 것이다.

전통주 박람회

너무나 유명해진 서울국제주류&와인박람회 외에도, 계절마다 지역마다 여러 전통주 박람회가 열리고 있다. 서울뿐 아니라 인천, 수원, 부산 등 전국에서 열리는 행사들이 많은데, 전통주를 이름에 내건 우리술 대축제와 막걸리엑스포도 있고, 와인이나 맥주, 위스키를 주로 다루는 키벡스(맥주박람회), 주류관광페스타, 드링크서울 등에도 꼭 전통주 부스가 함께 있다.

심지어 쌀과 같은 농산물 박람회나 발효 식품, 비건 식품 축제 같은 행사에서도 막걸리를 쉽게 찾을 수 있으니 인근 지역 주민이라면 마실을 권한다. 아, 박람회에 가면 수많은 주류를 무료로 시음해 볼 수 있다. 양손 가득 술을 사 들고 집에 돌아가는 일이 쉽지는 않겠지만, 차가 있는 사람도 이날만큼은 자차 대신 대중교통을 이용해 가길 추천한다.

온라인 마켓

현장 구매보다는 선택의 폭이 좁지만, 그래도 온라인으로도 여러 막걸리를 구매할 수 있다. 요즘은 당일 배송이 되는 대형 쇼핑몰에 입점한 양조장도 많고, 전통주 바틀샵을 온라인으로 그대로 옮겨온 곳도 꽤 된다. 여러 종류의 술을 클릭 몇 번으로 편하게 사기 쉬운 게 큰 장점. 찾을 수 없는 술은 직접 상표를 검색해 보자. 유통 수수료 등의 문제로 자사 스토어에서만 술을 판매하는 곳들이 종종 있다. 또 하나의 팁이라면 고향사랑기부제의 답례품으로 등록된 전통주도 은근히 많은 편. 기부도 하고 술도 받을 수 있다.

첫 술이
가르쳐준
숨 쉬기

한참을 변두리에서 서성거리다가 드디어 막걸리를 직접 빚어 보겠다고 용기를 냈다만, 타고난 배짱이 약한 건 어쩔 수 없었다. 이번에도 별로 잃을 게 없는 무난한 선택지부터 찾았다. 제일 저렴한 비용으로 1~2시간 내에 막걸리를 만들어 볼 수 있는 원데이 클래스를 예약했다. 북촌의 한 공방에서 간단한 이론 설명을 들은 후, 난생처음 막걸리 술덧을 만져 볼 수 있었다.

술덧은 보통 식은 고두밥과 누룩, 그리고 물이 들어가 섞인 모습이다. 그날은 단오를 맞아, 선조들이 단오에 창포 넣은 술을 빚어 마신 것처럼 특별히 술덧에 창포 우린 물을 넣었다. 강사님의 지시에 따라 술덧을 만드는데, 혹시 이러다 숨겨진 재능을 발견하게 되는 건 아닐까 살짝 기대했지만 아쉽게도 그런 일은 없었다. 고작 재료를 버무리는 것만으로는 천부적인 재주를 가려낼 수 없었다. 노력 없이 잘되고 싶었는데 유감이었다. 짧은 술덧 치대기를 마친 후에는 더 이상 남은 실습도 없어서 곧바로 수업이 끝났다. 한 번의 원데이 클래스만으로는 술 빚기가 적성에 맞는지, 앞으로 막걸리를 팔며 살 수 있을지 알아보기에 어림도 없었다.

'혹시 몰라. 한 방에 완전 맛있는 막걸리가 탄생할 수도 있어.'

나는 첫 술을 담은 발효통을 애지중지 들고 집으로 돌아와서 한껏 희망을 품었다. 배운 대로 뚜껑을 반쯤 열어두고 아침저녁으로 술을 저으며 발효라는 걸 했다. 매일매일 술을 지켜보는데, 어느 순간 술 안에서 공기 방울이 톡톡 올라오기 시작했다. 귀여웠다. 겨우 눈에 보이는 자그마한 방울들이 밥과 물로 꽉 차 있는 틈새를 비집고 자리 잡은 동그란 모양새가 기특했다. 가만히 귀를 기울이면 보글보글 탄산 끓는 소리가 들렸다. 딱히 해준 것도 없는데 쉴 새 없이 꼼지락거리고 있는 것이 묘한 감정을 불러왔다.

보글보글. 내가 아무것도 하지 않고 조용히 늘어져 있어도 막걸리 속 미생물은 각자 할 일을 했다. 누군가의 명령도 없이. 아마 고고한 목적도, 원대한 목표도 없을 것이다. 그저 눈앞의 먹이를 먹고, 생식을 하고, 나름의 삶을 살 뿐인데, 그런데도 결과적으로 막걸리가 만들어지고 있었다. 내가 무엇을 부러 더 하지 않아도.

아르바이트부터 치면 내가 일을 시작한 게 스무 살부터다. 이제 성인이니 용돈을 받지 않겠다고 선언하며, 직장에 들어가기 전까지 반년 이상 자의로 쉰 적이 없었다. 언제나 피곤해하면서도, 쉬어야 하는 때가 오면 묵직한 죄책감이 온몸을 짓눌렀다.

'내가 지금 이렇게 멈춰 있으면 안 되는 거 아닌가? 남들은 이미 저만큼 앞서가고 있을 텐데. 이대로라면 너무 뒤처질 거야. 빨리 뭐라도 성취해야 하는데, 왜 나만 안 되는 거야. 왜 자꾸 실패만 하는 거야.'

분명치도 않은 방향으로 조급하게 달려가며, 보이지 않는 먼 훗날을 위해 오늘을 희생했다. 하지만 이 막걸리를 좀 보라. 내가 놀고 있는 동안에도 계속 발효가 되고 있잖은가? 이렇게 가만있어도 제자리에 갇힌 것이 아니다. 오히려 술이 익기까지는 기다림이 필요했다. 밥알이 삭고, 물이 술로 변하도록. 나의 대기는 낙오가 아니었다. 미생물들의 일은 계속됐고, 나는 이를 분명히 지켜봤다. 그 노동으로 만들어질 막걸리가 일종의 달콤한 불로소득처럼 느껴졌다.

“귀여워! 너 진짜 귀여워!”

어찌나 흐뭇하던지, 결국 사람의 말을 이해하기는커녕 소리도 듣지 못할 단세포 친구들에게 시시때때로 말을 붙였다. 칭찬과 감탄을 가득 쏟아부으며 완성한 내 첫 막걸리는 아주 놀랍게도……, 참 맛이 없었다! 난 분명히 달콤한 막걸리를 바랐는데 시고 떫었다. 아무래도 술 빚기에 타고난 재능은 없는 게 확실했다. 잔뜩 실망하긴 했지만 그렇다고 다 버리기에는 아까워서, 계량도 없이 술독에 꿀을 왕창 쏟아붓고 냉장고 깊숙이 넣어버렸다. 처음부터 성공하는 게 오히려 특이한 일이라는 걸 알지만 기운이 꺾이는 건 어쩔 수 없었다. 가망 없는 일을 벌인 걸까 봐 또다시 불안해졌다. 하지만 낙심에 빠져있을 겨를이 없었다. 아릿한 실패를 뒤로 한 채 바쁜 일상을 살았다.

그렇게 며칠이 흘렀을까. 냉장고 안에 두고 잊어버렸던 막걸리가 갑자기 떠올랐다. 분명히 맛이 정말 없었는데 지금은 조금 나아졌으려나? 호기심에 조금 따라 마셔보니 놀랍게도 그런대로 먹을 만하게 바뀌어 있었다. 망한 줄로만 알았던 첫 술이 혼자 제멋대로 균형을 잡았다. 이유는 알 수 없었다. 내가 한 일이라고는 그저 억지로라도 달아지라며 꿀을 추가한 것, 그리고 냉장고에 방치한 것뿐이었다. 이전의 실패가 분명한 노력도 없이 성공으로 변했다. 엎어진 곳에서 빠져나오려 버둥거릴수록 더 깊은 수렁으로 잠기던, 여태까지 내가 경험해 본 실패들과는 달랐다. 내가 애쓰지 않아도 막걸리는 스스로 제 길을 찾았으니까.

막걸리는 살아있는 술이라는 말이 실감났다. 살아있기에 실패를 섣불리 단정 지을 수 없구나. 그저 적절한 때가 아니었을 수도 있겠구나. 흘려보낸 시간은 나의 태만이 아니었다. 어쩌면 오히려 미생물들이 더 열심히 일할 수 있게 적당한 여유를 준 것인지도 몰랐다. 이제부턴 나를 질책하지 말자. 좌절은 언제나 이르니, 조급해하지 말자. 기다리면 언젠가 반가운 결과가 마중을 나올 것이다.

처음으로 막걸리를 빚어 본 과정은 내 안에 깊은 위로를 새겼다. 숨을 돌려도 괜찮다고, 술에는 어차피 그 숨을 더해야 한다고. 나는 기분이 정말 좋아져서, 저녁마다 반주를 이어가며 내 첫 술을 싹 비웠다. 다시 맛있어진 술처럼 나의 앞날도 어떻게든 나아질 수 있을 것 같았다.

일단
동아줄을
잡아보자

조그맣고 행복한 막걸리 양조장을 운영하며 살겠다는 다짐을 현실의 언어로 바꾸면 창업이었다. 취업은 알았어도 창업은 미지의 영역이었다. 무섭게 들리긴 했지만 마냥 외면할 수도 없었다. 해보기로 했으니 일단 부딪혀 봐야지, 다른 수가 있겠나. 한동안 '막걸리 창업'을 검색하며 밤을 보냈다. 수많은 온라인 문서를 읽으며 그제서야 세상에 창업 지원 사업이 아주 많다는 것을 처음 알게 되었다. 정부나 지자체에서 운영하는 지원 사업은 나와 같은 창업 희망자를 위해 보통 적지 않은 돈과 전문가 멘토링을 제공했다. 지금의 나는 용기도, 확신도, 지식도, 자본도, 그야말로 아무것도 없다. 창업이라는 무모한 시도는 아마 실패할 가능성이 컸고, 덥석 뛰어들기에는 망설임도 컸다. 최소한으로 손해를 줄여줄 안전 장치가 필요했다. 그러니 자금과 인력을 보태줄 지원 사업은 빈털터리인 나를 구명할 유일한 동아줄처럼 보였다.

창업의 첫발을 내딛기 위해서는 무조건 지원 사업에 선정되어야 했다. 만약 그 어디에도 뽑히지 않는다면 창업을 포기할 생각까지 하고 있었다. 하지만 벌써 5월, 웬만한 지원 사업은 마감된 후였다. 그런데 딱 하나의 지원 사업이 아직 모집 중이었다. 예비 창업자를 위한 사회적 기업가 육성 사업. 서류 제출 마감까지는 약 보름 정도 남아있었다. 꼭 접수해야 한다는 마음으로 사업 계획서 양식을 확인했다. 열 장은 가뿐히 넘는 분량에 복잡한 문항을 보니 내 확신은 금세 아득해졌다.

그래도 공정 무역의 대중화를 목표로 하는 사회적 기업에서 인턴 근무를 한 경험도 있고, 기업이 만들어내는 사회적 영향력에 대해 평소 관심이 많았던 터라 나름 합격할 수 있을 것 같다는 자신이 있었다. 하지만 그런 헛된 도취는 빠르게 사그라들었다. 막상 내가 진짜 사업을 운영한다고 상상하며 머리를 굴려보니 뭘 어떻게 해야 할지 도통 알 수 없었다. 내 졸업장에 새겨진 경영학 학위는 아무래도 반납해야 될 것 같았다. 그저 스크롤만 의미 없이 내렸다가 올리고 또 내리기를 한참이나 반복했다.

'그렇다고 이거 안 하면 뭐 할 건데?'

다시 한 번 생각해도 나는 절벽 앞에 있었다. 어떻게든 답변을 채워 넣기로 했다. 그게 첫 번째 발걸음이 되었다. 사업 계획서를 쓰면서 내가 하려는 사업을 구체화해 볼 수 있었기 때문이다.

우선 막걸리와 여러 가지 사회 문제를 엮어봤다. 많은 문제들 중에서 내가 가장 하고 싶은 일은 몇 년 전부터 불편함을 느끼던 쓰레기 분야에 있었다. 가만 보면 우리가 흔히 사 먹는 막걸리는 모두 일회용 페트병에 담겨 있었던 것 같다. 좀 더 친환경적인 소재와 방식이 뭐가 있을까 고민했다.

잠깐, 소주도 맥주도 모두 유리 공병을 수거해서 재사용하는데 막걸리라고 못 할 게 있을까? 이런 생각 끝에 공병 순환을 대표 활동으로 정하니 '지속 가능한 막걸리'라는 핵심 테마가 나왔다. 지속 가능성에 살을 붙이기 위해 더 찾아보니 막걸리를 짜고 남게 되는 부산물인 술지게미를 활용하는 것도 괜찮을 것 같았다. 버려지는 물건을 재활용하는 리사이클링을 넘어, 가치와 활용도를 더해 새로운 제품으로 탄생시키는 업사이클링에 도전하는 것이다. 이렇게 기초 뼈대가 세워졌다.

그러나 직감적으로 뭔가 부족하다는 게 느껴졌다. 사회적 기업도 기업이니 수익성이 중요할 것 같은데, 이왕 양조장을 운영한다면 무엇을 더 할 수 있을지 생각했다. 다른 공방처럼 막걸리를 빚는 원데이 클래스를 열어도 좋을 것 같고, 외국처럼 양조장 투어를 진행해도 괜찮을 것 같았다. 사회적 기업가 육성 사업은 보통 중앙에서 지원자들을 한번에 관리하는 일반적인 지원 사업과 달리, 지원자가 지정된 몇 개의 외부 기업 중 하나를 선택해 참여하는 방식이었다. 그런데 공교롭게도 집에서 가장 가까운 지원 사업 담당 기관이 관광·여행사였다. 지원할 기관을 그곳으로 결정하고 계획서에 친환경 요소를 섞은 체험 콘텐츠 모델을 추가했다. 이제야 고백하자면 내 창업 아이템과 비전은 이렇게 얼렁뚱땅 결정됐다.

운 좋게도 서류 심사에 합격하고, 복잡하고 고단한 평가 과정이 이어졌다. 서류 합격자 공고로 추측해 보건대, 최종 합격까지 경쟁률은 1 대 1.2에 불과해서 스트레스를 심하게 받는 와중에도 포기하기 아까웠다. 보여줄 수 있는 게 딱히 없어서 프레젠테이션 발표 전 단계인 심층 인터뷰에서 미리 기관 담당자분들을 만났을 때는 일단 그럴듯한 척만 잔뜩 했다. 창업은 대표의 기세라고 홀로 되뇌면서 말이다. 하지만 허풍은 금방 들통났다. 사업 계획서에 민망할 정도로 빈틈이 많았기 때문이다. 우선, 공병 순환부터 실현 가능성을 의심받았다. 작업 규모며 수익성이며 거의 모든 부

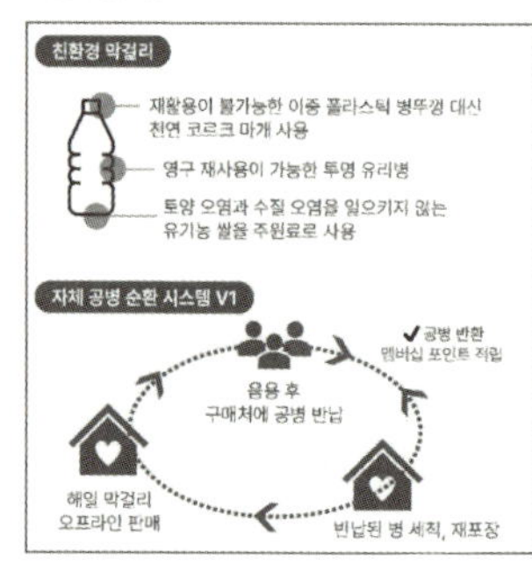

당시 작성했던 사업 계획서 발표 자료 일부

분에서 현실성이 떨어졌다. 나의 상상이 너무 부실했던 거다.

'창업이 처음인데 어떡하겠어.'

지적받는 부분마다 서둘러 핑계를 만들어 내며 마음을 다잡았다. 완벽하게 준비를 마친 후에는 너무 늦을지도 모른다. 애초에 완벽은 달성할 수 없는 지점 아닌가. 어디까지 준비해야 하는지 가늠하자면 한도 끝도 없을 것이다. 나를 향한 의문은 지금이나 그때나 언제고 쏟아질 것이니 지금이 최선이 맞다. 자꾸만 도주하고 싶어지는 기분을 무시하고 이렇게 나 자신을 달래며 여정을 이어갔다.

아파도 부딪혀야 한다는 강인한 다짐은 사실 끔찍했던 프레젠테이션 심사 덕에 거의 증발해 버렸지만, 어쨌든 최종 합격을 하며 되찾아 올 수 있었다. 이후의 일을 귀띔하자면, 지원 사업을 통해 700만 원의 지원금을 받았고, 전통주 교육과 인턴십, 멘토링 등 현장에서 발발거리며 경험을 쌓다가 종국에는 법인을 세웠다. 창업을 하겠다 선언한 지 약 반년 만에 정말 사업가가 된 것이다.

첫 시도에 덜컥 합격까지 한 건 천운이라고밖에 설명할 수 없지만, 만약 겁만 먹고 진작 사업 계획서 작성을 포기했다면 막걸리로 창업을 하겠다는 내 꿈은 제대로 된 모양을 갖추지도 못했을 거다. 텅 빈 경력에 대한 불신 앞에서 뻔뻔함이라도 내세우지 못했다면 심사장에서 견디지 못했을 거고, 앞으로 어떤 지원 사업에도 참여하지 못했을 거다. 익숙한 방식으로 도망치며 다음을 기약했다면, 미뤄둔 다음은 영영 오지 않았을지도 모른다. 가진 것이 없을 때는 잃을 것도 없으니, 객기를 부려도 본전이다. 원하는 결말에 이르지 못하더라도 할 수 있는 모든 시도는 해볼 테다. 그러다 되면 좋고, 아니면 말고. 창업에 도전하며 배우게 된 편리한 태도는 여전히 유용하다.

사실 아무도
나를
믿지 않았다!

뭐, 아무것도 없이 맨몸으로 창업 지원 사업에 부딪혔다는 일화가 자못 씩씩하게 들린다는 걸 안다. 하지만 사실 지원 사업에 도전하고 합격까지 가는 과정은 정말 쉽지 않다. 나에게 적합한 지원 사업 공고를 찾아다니고, 수많은 서류 탈락을 겪는 건 말할 것도 없다. 그중에서도 특히나, 심드렁한 얼굴로 면접장에 앉아 있는 심사위원들에게 매번 나를 증명해야 했던 일은 넌더리가 날 정도로 아주 지독한 경험이었다.

내 인생 첫 프레젠테이션 면접 자리에서 만난 심사위원들은 이미 준비를 마치고 스크린 앞에 서 있는 나보다 면접장에 뒤늦게 제공된 시원한 커피를 더 반기는 듯 했고, 심지어 그중 한 분은 심사장에 뒤늦게 도착하시기까지 했다. 인사도 건네기 전이었지만,

지원서를 뒤적이는 표정에서 이미 언짢음이 새어 나오는 걸 모를 수 없었다. 나는 그 적대적인 기류를 무시할 수 있을 만큼 나를 신뢰하지 않았었다. 그러니 손과 다리가 말 그대로 달달 떨렸다. 몸이 떨리니 목소리도 같이 떨리기 시작했고, 시작과 동시에 망했다는 직감이 들었다.

어떤 미끄러짐은 돌이킬 수 없다. 한번 중심이 흔들리고 나면 무력하게 저 먼 바닥까지 밀려가고 나서야 겨우 구르기를 멈출 수 있다. 나는 발표를 하다 말고 중간에 한숨을 쉬었다. 미끄러짐의 시작. 전혀 의도한 행동은 아니었다. 경직된 분위기에 '이 모든 게 시간 낭비일지도 모른다'는 익숙한 사고 흐름이 작동하고, 문득 세상살이에 대한 권태가 올라오더니, 공기는 매스껍고 공간은 답답하고 시간은 느려지고……, 그러다가 "하아……" 하고 태도 점수를 (그런 게 있었는지는 모르겠지만) 무참히 깎아 먹을 한숨이 튀어나온 것이다. 터지듯 나온 한숨에 스스로 놀란 것도 잠시, 곧이어 화가 나기 시작했다.

스크린 앞에 서서 외운 대사를 모두 내뱉은 후에도 마음은 진정되지 않았고, 나를 향해 쏟아지는 질문과 의심에 짜증을 섞어 응수했다. 당시 나의 이력은 텅 비어 있었고, 내세운 비즈니스 모델은 부실했으며, 다른 계획도 빈약하기 그지없었다. 심사위원이

나를 믿지 못하는 것도 당연했다. 하지만 못마땅한 눈빛과 함께 끊임없이 단점만 지적당하다 보면 기껏 쌓아둔 인내가 순식간에 바닥나고 만다. 모든 질문이 나를 겨냥한 공격으로 느껴졌고, 그 순간 창업이라는 미래 계획은 없던 일이 되었다. 이제 내가 원하는 건 빠른 귀가뿐이다. 내 주제에 창업은 무슨.

'계속 이런 취급을 당할 바에야 다 때려치울래.'

험한 말을 겨우 삼키고 서둘러 자리를 빠져나왔다. 발표를 위해 새로 산 로퍼는 아직 길들지 않아 걸음을 옮길 때마다 아킬레스건을 집요하게 파고들었다. 이 통증은 심사장에서부터 줄곧 따라온 게 분명했다. 예견된 탈락, 보상 없는 결과를 위해 왜 이토록 고통스러운 과정을 감내해야 하는 걸까? 너무 잔인하다는 생각이 머리를 떠나지 않았다.

그리고 얼마 지나지 않아, 아주 놀랍게도, 나는 합격이라는 결과를 받았다. 대체 무슨 기준으로 당락이 결정된 건지 알 수 없었다. 첫 합격 이후 일이 수월해질 법도 했지만, 연이어 도전한 여타 지원 사업에서도 비슷한 열감을 여러번 경험해야 했다. 발표하는 내내 시큰둥했던 심사위원들은 질의응답 시간이 시작되면 보통 "막걸리를 한 달에 얼마나 드세요?"라는 이야기를 먼저 꺼냈다. 이 문장이 아니라면 "대표님은 식당에 가면 무슨 술을 드세요?"

라거나 "지금까지 얼마나 많은 막걸리를 드셔보셨어요?"라는 말로 서두를 열었다. 표면적으로는 모두 다른 말 같지만 속뜻은 동일하다. 막걸리에 대한 나의 전문성을 불신하는 것이다. 발표 초반부터 평소 막걸리를 좋아한다고 언급을 하든, 그동안의 이력을 줄줄 읊든, 성장하는 전통주 업계의 가능성을 수치로 표현하든, 아무 소용없다. 펜을 쥔 사람들은 틀림없이 내게 같은 질문을 던졌다.

이 밖에도 내 힘을 쏙 빼버린 질문은 참 많기도 했다. 쌀 포대는 들 수 있냐, 도통 무엇을 하고 싶다는 건지 알 수가 없다, 그럼 지금껏 대체 뭘 한 거냐, 심지어는 "막걸리 안 좋아하죠?"까지. 시간이 흘러 나름의 진전을 이루어 냈대도 지겹도록 반복되어 온 질문은 여전했다. 이쯤 되면 내 관상에 막걸리가 없는 걸지도 모르겠다. 도대체 나의 어떤 인상이 그들에게 신뢰를 주지 못하는 걸까? 도대체 나의 어떤 실언이 내 가능성을 덮어버리는 걸까?

그렇게 3년 정도 비판을 받고 보니, 이제는 내 사업이 통념에서 조금 벗어나 있다는 사실을 깨닫는다. 사람들에게 이해받지 못하거나 조롱 섞인 시선을 받는 것 또한 당연한 결과일지 모른다. 이제라도 기성의 질서와 적당히 타협한다면 더 나은 성과를 낼 수 있을까?

하지만 어쩐지, 통념 밖에서 악착같이 꼿꼿하게 서 있고 싶어진다. 내가 실패할 거란 예측이 오만이었음을 밝혀내고 싶어진다. 비판은 나의 동력이 되었고, 나는 알량한 반항심으로 마음 가는 대로 일했다. 좋지 못한 결과를 예상하더라도 지원 사업 신청을 멈추지는 않았다. 다만 지원 공고의 주제가 아주 조금이라도 막걸리와 엮어볼 수 있는 것이라면 무조건 접수했던 과거와 달리, 지금은 내 사업과 결이 맞아 보이는 공고에만 서류를 넣는다. 접수 횟수는 크게 줄었지만, 다행히도 합격 횟수는 비슷하다. 걱정과 다르게 훈훈한 응원과 덕담을 받았던 면접도 있었고, 잘하고 있다고 말해 주는 심사위원도 만났다. 버텨낸 시간이 충분히 발효가 되었던 걸까?

물론, 여전히 평가는 무섭고 긴장된다. 무심과 조소가 섞여 흐르던 공기는 쉽게 잊기 힘들다. 그러나 아무도 믿어주지 않는다고 해서 나까지 나를 저버릴 필요가 있나? 나라도 나를 믿어야지. 당장 탈락한다고 해서 사업이 끝장나는 것도 아니고, 고집부린 대로 살아도 결국 생존했다. 비록 변두리일지라도 살아내는 데 성공했으니까, 남들의 시선이야 어떠랴.

양조를 알면
알수록
못 하겠어

지원 사업도 붙었겠다, 이제는 본격적으로 막걸리 양조를 배워야 했다. 지금까지는 기껏해야 몇 종류의 전통주를 마셔보고, 매우 간단한 술 빚기 체험만 했을 뿐이니까. 다행히 설레발을 치며 전통주에 대해 검색해 보던 밤에 미리 찾아둔 전통주 교육 기관이 있었다. 서울에서 막걸리 강의로 가장 유명한 세 곳 중 하나였다. 때마침 수강생을 모집 중이어서 바로 신청서를 작성해 냈지만, 금세 선착순 정원이 차버려 등록하지 못했다. 마감 안내 문자에 실망했던 것도 잠시, 얼마 지나지 않아 취소자가 생겨 수강이 가능하다는 연락을 받았다. 냉큼 수강료를 입금하고 개강일을 기다렸다.

운 좋게 듣게 된 막걸리 교육은 여러모로 생각과 달랐다. 첫 번

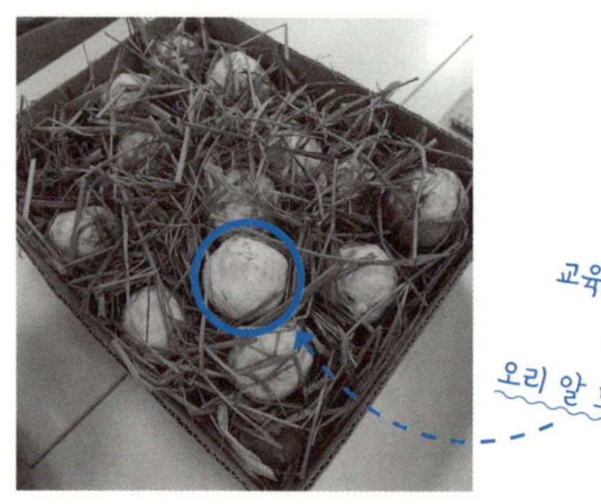

째로, 일단 수강생 대부분이 이미 서로를 알고 있었다. 할 수 있는 한 빨리 양조장을 차리고 싶었던 나는 입문반은 건너뛰고 바로 중급반 수강을 시작했는데, 분위기를 보아하니 다른 사람들은 입문반에서 같이 수업을 듣고 중급반까지 연이어 등록한 모양이었다. 술이라는 공통점이 있는 만큼 매 수업이 끝날 때마다 회식 자리도 있었다. 전통주 업계가 예상보다 훨씬 좁고, 그래서 커뮤니티가 중요하다는 사실이 새삼 실감 났다. 여기서부터 인맥을 만들어 놔야 유리하다는 사실을 머리로는 알았다. 하지만 아직 퇴사 후유증을 앓고 있던 나는 수업이 끝나자마자 집으로 도망가기 바빴다.

두 번째로, 양조는 너무나 전문적인 화학의 영역이었다. 새로운 지식을 배우는 게 재미있긴 했지만 평생을 문과에서 보낸 나

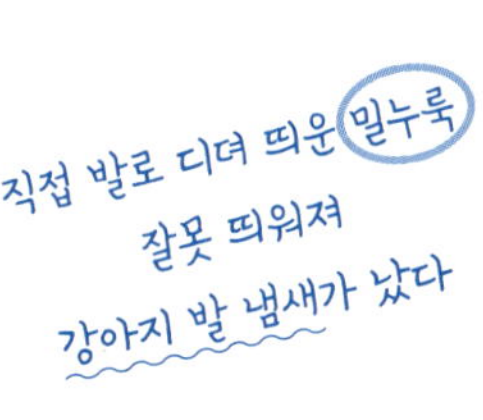

에게는 솔직히 어려웠다. 효소의 탄수화물 당화며, 효모의 알코올 발효며, 여러 화학 원리와 공식이 범람하듯 머릿속에 밀려 들어오면 사실 뱉어내는 게 반 이상이었다. 이름도 어렵고 숫자도 많으니 어쩔 수 없었다. 이론을 배우고 나면 항상 실습을 했는데, 한 번만 빚어 만드는 단양주나 두 번 빚어 만드는 이양주, 떠먹는 막걸리인 이화주 등 (시간상 전처리나 전체 발효 과정은 경험할 수 없었지만) 조별로 매번 여러 가지 술을 직접 담갔다. 실습하며 놀랐던 점은, 빚었던 모든 술이 내 취향에 맞지 않았다는 것이다. 몇 가지 누룩까지 직접 반죽하고 디딘 다음 술을 빚기도 해봤으나, 우리 조의 술이나 다른 조의 술이나 영 입맛에 맞지 않았다. 분명 달콤하고 향기로운 술의 레시피라고 했는데 막상 마셔보면 시고 쓰기만 했다. 내 몫으로 남겨진 술들은 그대로 지인들의 품에 안겨졌다. 내 품에는 '이렇게 해서 도대체 맛있는 막걸리는 어떻게 만들 수 있단 거야?' 하는 고민만 대신 남았고.

배우면 배울수록 양조장을 창업한다는 것 자체가 만만한 일이 아님이 드러났다. 주류 제조 면허는 준비할 서류도 많고 시간도 오래 걸려 까다롭기로 소문나 있었고, 전통주는 온라인 통신 판매가 가능하지만 그렇다고 아무 막걸리나 무턱대고 온라인으로 팔 수 있는 것도 아니었다. 당연히 초기 자금도 꽤 필요했다. 중급반을 수료하고 곧바로 상급반 수업에 등록했지만 뭐 하나 개운하게 해결되는 게 없었다. 커리큘럼은 양조장 예비 창업자에 맞춰 짜여 있었으나, 강의를 듣는다고 해서 창업 준비를 마친 느낌이 드는 건 아니었다.

이대로는 나의 양조장을 만드는 게 요원해 보였다. 뭐라도 더 하는 게 좋을 것 같아서, 한번은 국세청 주류면허지원센터에서 주관하는 단기 아카데미에도 다녀왔다. 교육은 제주도에서 일주일간 진행되었는데, 나는 출발하는 날 제시간에 일어나지 못해 비행기를 놓쳐 첫날을 통째로 날리고 말았다. 뒤따라간 후에도 교육 일정 내내 이유 모를 피곤함에 시달렸는데, 첫날의 늦잠이 그간의 누적된 피로를 알리는 신호탄이었던 듯했다. 그래도 주류 제조 면허를 주관하는 기관이라 궁금했던 건 죄다 질문하며 어떻게든 정보를 얻어 올 수 있었다.

시간은 흐르고, 어느새 수료증 몇 개가 따라왔다. 하지만 겨우 이 정도 배웠다고 덜컥 양조장을 차릴 수 없다는 결론만 내릴 수 있었다. 무력함을 느꼈다. 부풀었던 희망은 비현실적인 낭만에 가까웠다. 주류 제조 면허를 취득하기 위한 강경한 행정 절차에 돌입하기 전에, 일단 독립적인 제조장부터 구해야 했다. 그런데 맨몸으로 회사를 뛰쳐나온 나에게 보증금과 월세를 낼 돈이 있을 리가 없었다. 게다가 소규모 주류 제조 면허라고 해도 도합 1킬로리터, 그러니까 1,000리터 이상의 발효조와 알코올 측정용 증류기를 갖춰야 했다. 아무리 아껴도 최소 200만 원 이상 드는 일이었다. 또 면허 신청부터 승인까지 무조건 3개월 이상 소요되니, 그 기간을 수입 없이 어떻게 버텨야 할지 막막했다.

꼼꼼한 준비와 계획이 필요한 일들이 높은 성벽처럼 쌓여 있었다. 눈앞의 벽을 어떻게든 넘는다고 쳐도, 막걸리를 출시하자마자 대박이 날까? 내 막걸리가 절대 그럴 리 없었다. 고민에 고민을 더해도 답이 나오지 않았다.

쌀·누룩·물이 만드는 무궁무진한 세계

막걸리를 만들기 위해 필요한 재료는 단 세 가지, 쌀·누룩·물이다. 그런데 막상 막걸리를 빚으려고 보면 어떤 쌀이나 누룩을 사야 하는지, 이에 따라 맛은 어떻게 달라지는 건지 알 수 없어 어렵게만 느껴진다. (내가 그랬다.) 그런 막걸리 양조 왕초보를 위해 먼저 이 세 가지 재료를 탐구해 보자!

쌀

아무래도 가장 쉽게 구할 수 있는 것은 흔히 백미라고 말하는 멥쌀과 잡곡으로 분류되는 찹쌀이다. 체감할 수 있는 둘의 가장 큰 차이는 끈적끈적한 점도, 즉 찰기다. 그러나 술을 담글 때는 촉감보다는 술에 남게 되는 당분의 양을 생각해야 한다. 보통 멥쌀로 빚은 술은 향기가 좋고 드라이하며, 깔끔하다는 평이 많고, 찹쌀 술은 달다는 평이 많다.

멥쌀은 품종이 여러 가지 있지만, 우리나라의 경우 대부분의 멥쌀이 좋은 밥을 짓기 위해 계량된 거라 술로 빚었을 때 향미가 크게 차이 나지 않는다. 반대로 구수한 향이 특징인 수향미나 흑미, 현미, 붉은 곰팡이를 입힌 홍국쌀은 술맛이 독특하게 나온다. 홍국쌀의 경우에는 조금 텁텁하고 신맛이 감돈다. 흑미나 현미로는 술을 담가보지 않았지만, 다루기 까다롭다고 한다.

사실 쌀이 막걸리의 주재료이긴 하지만, 엄밀히 따지면 전분만 있어도 막걸리를 만들 수 있다. 그래서 밀가루, 고구마나 감자, 옥수수 전분 등을 넣은 막걸리도 있다.

누룩

막걸리 빚기에 사용하는 전통 발효제를 누룩이라고 칭한다. 보통은 밀가루로 띄운 밀누룩을 사용한다. 누룩을 만드는 공장을 곡자라고 일컫는데, 요즘은 새로운 곡자들도 속속 생겨나서 누룩 선택의 폭이 더 넓어졌다. 밀누룩은 공기 중에 있는 다양한 자연 균으로 띄우기 때문에 곡자마다 맛이 조금씩 다르다.

밀누룩 이외에는 쌀누룩이나 보리누룩, 녹두누룩 등을 구할 수 있다. 쌀누룩 중에서는 이화곡이 조금 특이한 종류인데, 이화주를 만들 때 사용한다. 하지만 꼭 이화주를 만들지 않아도, 다른 누룩과 섞어 써도 괜찮다. 언제나 정답은 없기 때문이다. 쌀누룩이 밀누룩보다 달다는 말이 많지만, 막상 이화곡으로 빚은 이화주를 먹어보면 미숫가루와 청국장을 합친 듯 약간 쿰쿰하고 신맛이 느껴진다.

물

막걸리 양조장이라고 하면 왠지 물맛에도 특별한 비밀이 있을 것 같지 않은가? 반전이라 하긴 뭐하지만 요즘은 워낙 수도 시스템이 잘 되어있어서, 대부분의 양조장이 수돗물을 쓴다. 서울 지역이라면 아리수가 제일 좋은 물인 것이다. 우리 양조장도 정수 필터를 이용해 염소 등 불순물을 제거한 아리수를 쓰고 있다.

가끔 지하수를 쓰는 양조장도 있는데, 지하수는 6개월마다 한 번씩 수질 검사를 받아야 한다. 사실 제대로 관리되지 않은 산 중턱의 이름 모를 '약수'보다는 수돗물이 술 빚기에 적합하다. (미네랄이 많이 포함된 물은 전통주를 빚는 데에 적합하지 않다고 한다.)

막걸리는 이렇게 기본적으로 쌀과 누룩, 물을 이용해 만들지만 그 재료를 어떻게 사용하는지에 따라서도 천차만별의 맛을 낸다. 아까 쉽게 설명하기 위해 멥쌀은 드라이하고 찹쌀은 달다고 했는데, 이것도 어떤 공정을 거치느냐에 따라 뒤바뀔 수 있다. 오래 물에 담가둔 찹쌀로 술을 빚으면 멥쌀만큼 드라이하다. 멥쌀에 당화제를 듬뿍 넣는다면, 찹쌀 술만큼 달아질 수도 있다. 찹쌀 술을 과발효하면 누룽지 같은 향이 올라오기도 한다.

정답이 없기 때문에 모든 가능성이 열려있다. 그러니까 막걸리라는 술이

얼마나 까다롭고, 얼마나 다채로운지! 알면 알수록 더 어렵고 더 매력적인

세계가 술독에 있다.

다시
네 번째
인턴 생활

여기저기 막걸리 양조를 하겠다고 말했을 때, 웬만한 사람들은 하나같이 똑같은 조언을 했다. 그건 본격적으로 창업을 하기 전에 먼저 양조장에서 일을 해보라는 권유였다. 보통 이 말은 양조장에서 일을 해봤냐는 물음에서 시작하는데, 별다른 이력 없이 대뜸 일을 벌인 나는 언제나 그럴싸한 답변을 내놓지 못했다. 생산 경험은 차치하고 주류 관련 회사에서 일해 본 적도 없어, 딱히 술을 많이 먹어온 것도 아니야, 술 만드는 오래된 취미랄 것도 없으니, 내게 있는 거라곤 박박 긁어모아 봤자 무모함 정도였다.

흘끗 훑어만 봐도 뻔한 견적에 대화는 곧 종료되곤 했다. 지금이라도 양조장에서 일하며 실제 현장을 경험하는 게 좋겠다는 모범적인 말이 일리가 있다는 건 나도 잘 알았다. 창업을 하려면 경험이든 지식이든 기반이 필요하니까.

하지만 말이야 언제나 쉽지. 어떻게 당장 막걸리 양조장에서 일을 할 수 있단 말인가. 이미 꽁꽁 얼어붙은 대한민국 취업 시장을 경험해 보지 않았나. 대학에 다니는 몇 년 동안 직무 관련 경험을 쌓고도 수십 번의 탈락을 겪어야지 얻을 수 있는 게 고작 몇 개월짜리 인턴 자리였다. 게다가 나는 그 인턴 계약을 세 번이나 마친 후에야 겨우 정규직으로 입사할 수 있었다. 막걸리 업계라고 뭐가 그리 다를까 싶었다. 더구나 정작 급하게 배워야 하는 건 생산 업무인데, 내 포트폴리오는 사무직 이력으로만 채워져 있었다. 생산직으로 뽑히기 위해서 어떤 준비를 해야 하는지, 합격까지 여기서 얼마나 시간이 더 걸릴지 감도 오지 않았다.

설령 운 좋게 취업에 성공했다 하더라도 이미 창업 지원 사업에 참여 중이니, 필수로 참여해야 하는 교육과 회의 일정을 생각하면 정규직처럼 긴 시간을 내리 근무할 수도 없었다. 심지어 나는 얼마간 일하다 이제 동종 업계에서 창업을 하겠다며 퇴사할 예정인 사람이다. 누가 이런 사람을 직원으로 들이려나. 나 같아도 나를 채용하고 싶지 않을 것 같았다. 그나저나 서울에 직원을 구하는 막걸리 양조장이 있기는 한가? 내가 견딜 수 있는 출퇴근 시간은 얼마큼일까? 보통의 조언을 따르는 건 정말 쉽지 않았다.

그래도 시도는 공짜라며 호시탐탐 기회를 엿보긴 했다. 경기도의 한 전통주 양조장으로 현장 학습을 가게 된 날도 그랬다. 그 지역을 대표하는 양조장이었는데, 그래서 그런지 시설과 생산 규모도 꽤 큰 편이고 생산하는 품목도 다양했다. 집에서 양조장까지 지하철로 1시간 반 정도 걸리는 걸 봐선 통근도 얼추 할 만해 보였다. 무엇보다 견학을 이끌어 주신 대표님과 이사님의 인상이 좋았다. 짧은 인생에서 터득한 바, 이런 일은 뭐라도 엮어볼 만한 구실이 필요했는데 때마침 이분들이 지금 내가 다니는 전통주 교육 기관 출신이셨다. 귀가를 앞두고 넌지시, 혹시 일할 사람은 안 구하시냐며 운을 띄우고 명함을 받았다. 잠깐이라도 좋고 무급이라도 좋으니 양조 일을 배우고 싶다는 내용의 이메일을 곧바로 보냈다. 큰마음을 먹고 저지른 첫 번째 시도였지만 기대를 품진 않았다. 아니나 다를까, 이력서를 보시더니 오래 일할 사람을 구하고 있어 채용은 힘들다는 답장을 받았다.

어차피 어려운 일이니 도전이라도 했다는 것을 위안 삼았다. 누군가 또 양조장에서 먼저 일을 해보라는 조언을 하면, 그러고 싶었지만 잘 안 됐다고 써먹을 변명은 생겼으니까. 하지만 언제나처럼 기회는 나와 상의도 없이 대뜸 눈앞에 나타났다. 연달아 우연이 계속됐달까? 말하자면 인연이 꼬리를 물어 생긴 우연이었다. 참여 중인 지원 사업의 담당 팀장님이 나를 적극적으로 돕고자 하셨고, 공교롭게도 그 팀장님이 담당하는 또 다른 참여자가 전통주 구독 서비스를 운영하는 업체 대표님이었다. 팀장님은 나를 포함한 세 사람이 만날 수 있도록 자리를 만들어 주셨고, 그때 처음 뵙게 된 대표님은 내가 원한다면 아는 양조장을 연결해 주겠다며 호언을 하셨다. 얼마 뒤에 정말 양조장과 약속을 잡아두었다는 연락이 왔다. 부지불식간 절묘한 일들이 착착 손발을 맞춰 이어졌다.

일이 이렇게 흘러가리라고는 전혀 예상 못한 채로, 어느새 나는 배낭 하나를 덜렁 매고 경기도 용인으로 향했다. 소개받은 양조장이 있는 곳이었다. 혹시라도 늦어 안 좋은 인상을 남길까 서둘러 출발했다. 초행길이라 지도 앱의 도움을 받아 길을 떠났는데, 거기엔 양조장에 가기 위해 시외버스를 타야 한다는 사실이 나와 있지 않아 결국 엄청난 지각을 하게 됐다. 다음 버스는 30분 후에야 온단다. 초행길에 헤맬 것까지 계산해 넉넉히 여유를 두고 나왔건만 지각이라니. 첫날부터 늦게 되었다는 불경한 소식을 전하러 양조장 부대표님께 전화를 걸며 나는 이미 다 망했다고 생각했다. 역시 뭔가 되려나 싶으면 고꾸라지는 게 내 인생이지.

이미 자포자기하며 도착한 양조장에서, 대표님과 부대표님은 의외로 나를 환히 반겨주셨다. 그리고 왜 막걸리 양조장을 하려고 하는지, 왜 하필 우리 양조장에서 일해야 하는지, 양조장에서 일한다면 무엇을 하고 싶은지 등 여러 이야기를 나누었다. 여전히 나는 무모함밖에 가진 게 없어서, 이곳에서 일하게 될 수 있도록 어떤 기적이 일어나길 바랐다. 헛헛한 마음으로 귀가한 뒤 부대표님의 전화가 다시 걸려 왔을 땐, 사실 '미안하게 됐다'는 말을 들을 준비를 하고 있었다. 하지만 수화기 너머에는 거절 대신 행운이 기다리고 있었다. 부대표님은 선뜻 다음 달부터 같이 일해보자고 하셨다. 어리고 작은 내가 불쌍해서 잠깐이라도 함께 해보자는 마음이셨다는 건 아주 긴 시간이 지난 후에야 들을 수 있었다.

그곳에서 일주일에 두 번, 인턴십이라는 이름으로 일을 배우기로 했다. 나의 네 번째 인턴 생활이 시작된 것이다. 초반에는 이런저런 걱정이 많았지만, 얼마 지나지 않아 자연스러운 일상이 되었다. 고속도로를 달릴 때마다 겪어야 했던 지독한 멀미가 언젠가부터 완전히 사그라들 정도로. 이후 내 매장을 열게 되기 전까지 매주 꼬박꼬박 시외버스를 타고 용인으로 향했다. 매장 운영이 바빠지기 전까지 한 달에 서너 번은 가려고 노력했으니 대략 1년 반 정도를 양조장 인턴으로 지낸 셈이다. 한동안은 삼시 세끼를 용인

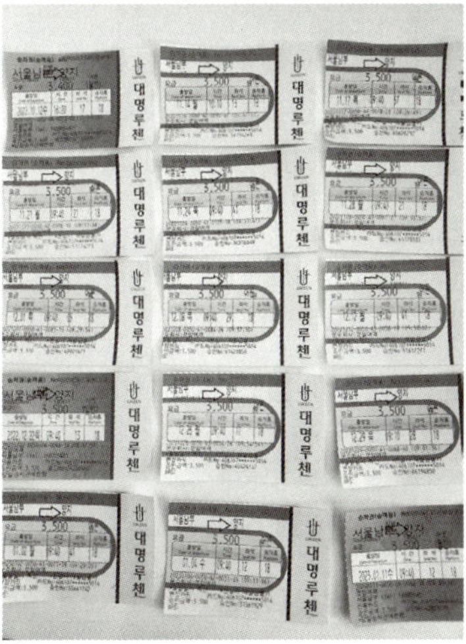

멀미를 참으며 모은
시외버스 티켓이
한가득!

에서 다 해결하고 가는, 그야말로 객식구처럼 지내기도 했다. 그러는 모든 시간이 나에게는 다 배움이었다. 솔직히 인턴 권유를 받기 시작했던 처음에는 이 나이에 다시 인턴으로 일해야 한다는 사실이 조금 서러웠다. 그렇게도 그만하고 싶었던 인턴이라는 어리숙한 지위로 다시 또 돌아가야 하다니. 또래 친구들은 슬슬 사회초년생 티를 벗고 자리를 잡아가고 있는데 나만 여전히 둥둥 부유하는 것 같았다. 돌이켜보면 이 얼마나 쓸모없는 감상이었는지.

나는 인턴십을 하면서 감사하게도 정말 많은 걸 얻었다. 어디 나열해 볼까? 우선, 인턴십을 하지 않았다면 상업 양조는 꽤 오래도록 미지의 영역으로 남았을 테다. 대량으로 쌀을 씻으려면 공기압을 이용해야 한다는 것도, 고온 스팀으로 한 번에 고두밥을 찐다는 것도, 대형 발효조를 저으려면 내 키만 한 조리용 삽이 필요하다는 것도 영영 몰랐을 거다. 발효가 마무리되어 고객을 만날 준비가 된 술덧에서는 어떤 질감의 지게미가 나오는지 감을 잡을 수 있던 것도 양조장에서 일하며 직접 원주를 짜내 본 덕분이다. 알맞게 익은 술덧을 짜서 막걸리를 뽑아내는 것을 채주라고 하는데, 이 과정에서 나오는 원액 상태의 술이 바로 원주다. 원주는 채주 일정에 맞춰 양조장에 오지 않으면 볼 수 없는 정말 귀한 형태의 술이라고 할 수 있다. 나는 인턴십 덕분에 실컷 보고 또 맛볼 수 있었다. 맞다. 이건 자랑이다.

인턴십을 하며 거의 모든 공정에 참여했다. 병입부터 장비 세척과 청소, 택배 포장까지. 레시피 같은 영업 비밀을 제외한 대부분의 노하우를 배웠다. 일을 도우면서 주변 관찰도 빼놓지 않았다. 용인의 양조장에서 사용하는 설비를 보며 나중에 내가 만들 양조장에서 감당할 수 있는 기기의 용량과 예산을 계산했다. '유리병을 파레트 단위로 받으려면 이 정도의 공터가 필요하군.' '보통 트렌치라고 부르는 배수구를 설치하지 않고도 양조장 바닥을 문제 없이 세팅할 방법은 없을까?' '내 근력으로 들 수 있는 발효통의 최대 크기는 이 정도이려나?' 이후 내가 완성하게 된 조그마한 양조장은 다 이날의 경험과 배움을 바탕으로 만들어졌다.

양조장 밖에서도 배울 건 넘쳐났다. 대표님과는 주로 상품 기획에 대해 논의하곤 했는데, 막걸리를 담을 병부터 라벨, 포장재까지 하나하나 신경 써야 하는 요소가 얼마나 많은지 이때 깨우쳤다. 부자재의 적정 가격부터 자동화 기계를 사용하기 위해 갖춰야 할 형식까지, 언뜻 사소해 보이지만 중대하기 그지없는 세부 사항이 수없이 많았다. 대표님은 접착제를 쓰지 않기 위해 한지 라벨을 술병에 명주실로 일일이 묶을 만큼 환경에 관심이 많으셨는데, 함께 이런저런 이야기를 나누며 떠올린 아이디어 중 하나가 이후 내가 출시하게 된 막걸리의 라벨로 완성되기도 했다.

몸으로 일을 배움과 동시에 양조 이론 공부도 했다. 부대표님은 나를 배려해서 일을 시작하기 전 막걸리 양조에 대한 전문 지식을 배울 수 있는 『탁·약주개론』을 읽는 시간을 만드셨다. 출근 전 미리 책을 읽고, 이해가 안 되는 부분을 부대표님께 여쭤보는 식이었다. 화학을 전공하고 맥주를 10년 이상 만드셨던 부대표님 덕분에 나는 궁금한 원리가 생기면 아무리 사소한 거라도 죄다 질문해 편하게 답을 얻을 수 있었다. 간이증류기 같은 측정용 기기를 다루는 법도 부대표님의 가르침 아래 확실히 배워나갔다.

대표님과 부대표님은 나를 진심으로 걱정해 주셨고, 내가 궁금해하는 모든 부분을 솔직하게 알려주셨다. 그렇게 듣게 된 답변들은 빠짐없이 나의 자양분이 됐다.

가끔은 용인이 아닌 곳에서도 인턴십이 이어졌다. 전통주 박람회나 축제 때 양조장 부스를 도우러 나가고, 두 분과 친분이 있는 다른 양조장에 방문하기도 했다. 늘 함께 여기저기를 누빈 덕분에 나도 아는 얼굴이 늘었다. 웃긴 일화들도 여럿 생겼다. 외부 행사에 나갈 때마다 딸이냐는 소리를 듣는 것도 그중 하나다. 셋이 묘하게 닮은 건지, 어쩜 이것도 인연인지.

비록 지금은 서울에서의 일이 바빠 자연스럽게 인턴십을 정리하게 되었고, 용인에 가는 날도 손에 꼽을 만큼 적어졌다. 가끔 안부 전화나 나누는 거리가 된 게 아쉽긴 하지만 아직도 양조와 관련된 결정을 내릴 때면 용인에서의 기억을 떠올린다.

신기하게도 같은 업계에 있는 또래들과 대화를 나누다 보면 그들도 직접 찾아가 일을 배우게 된 선배 양조장이 꼭 하나씩 있었다. 경로도 비슷했다. 전화든 메일이든 소개든, 술을 알고 싶다는 호기로 새내기는 연락을 저지르고, 선배들은 기특함과 측은함 사이의 호의로 낯선 이를 품어준다. 언젠가 내가 그 선배가 되는 날이 오기도 할까?

<h1 style="text-align:center">쌀벌레가
생길 줄은
몰랐어</h1>

실행은 어렵다. 먼저 떠오르는 온갖 상념을 무시해야만 한다. 필연적으로 겪게 될 어려움과 상당한 실패의 수가 아른거릴지라도, 쏟은 노력만큼 성과가 반드시 비례하지 않는다는 진리가 계속 떠오를지라도. 애써 정신을 가다듬었다면 몸을 움직일 힘을 내야 한다. 당장 침대에 드러눕고 싶고 그저 평생 잠만 자고 싶은 기분을 애써 외면하면서.

그러니까 이게 내가 술 빚는 연습을 미루고 미뤄 느지막이 시작한 이유다. 커다란 발효통도 사고, 누룩도 종류별로 다 사두고, 심지어 쌀도 두 포대나 사놓고도 나는 한동안 술을 빚지 않았다. 시작이 뭐가 그렇게 두려웠을까? 막걸리로 벌어먹고 살겠다는 허상에는 불나방처럼 뛰어들어 놓고서 막상 막걸리를 만들 의지는 왜 그리 맥없이 사그라들었던가?

내가 목표했던 막걸리는 분명했다. 부드러운 탄산을 가진 달콤한 막걸리를 만들고 싶었다. 모방은 창조의 어머니라고 했던가? 내가 바라던 맛과 똑같은 막걸리를 찾았다면 라벨에 적힌 재료라도 슬쩍 따라 해볼 텐데, 안타깝게도 적당한 제품이 없었다. 예전에 시음회에서 맛보고 괜찮다고 생각했던 막걸리마저 다시 마셔보니 그새 기억 속의 맛과 달라져 있었다. 참고할 만한 레퍼런스가 없으니 목표를 실체화하기 어려웠다. 스스로도 정확히 서술할 수 없는 추상적인 느낌을 좇아야 했다. 혼자서는 어떤 재료와 발효제를 쓸 것인지부터 결정하기 쉽지 않았다.

원하는 결과를 얻기 위해선 타당한 가설을 세워야 하니까 관련 이론을 수집하고 또 기록하려고 애썼다. 예컨대 멥쌀보다 찹쌀로 빚은 술이 달다거나, 쌀의 양이 많아지거나 물의 양이 적어질수록 술이 달게 나온다는 말, 누룩에 붙어있는 누룩곰팡이 중 황국균이 백국균보다 상대적으로 단맛을 더 잘 끌어올린다는 말 같은 것들을 곱씹었다. 그러나 막걸리는 살아있는 술. 체감상 모든 공식은 절대적인 법칙이라기보다는 경향이나 높은 확률에 가까웠다. 물을 매우 적게 사용해 가장 단 술이라던 이화주도 직접 실습해 보니 달기보다 씁쓰름한 맛과 진한 알코올 향이 났다. 전문가의 레시피도 예측과 완전히 다른 술이 만들어지는데, 조무래기인 내가 아무리 가설을 그럴듯하게 세운다고 해도 원하는 막걸리를 얻을 자신이 없었다.

실패에 실패를 보태도 달라질 게 없다는 심정으로 여기까지 왔지만, 어차피 예정된 실패라면 아예 하지 않는 것이 경제적이지 않을까 하는 상충된 생각이 피어올랐다. 그래서 나는 자취방에서 꽤 넓은 면적을 차지하고 있는 양조 재료들을 오랫동안 모른 척했다. 아직 준비가 덜 되었으니까, 해봤자 낭비일 테니까, 실망은 적게 겪을수록 좋으니까. 비겁한 짓임을 알지만 머릿속으로 과거의 나를 반박하는 게 훨씬 쉬웠다.

마침내 첫 막걸리를 빚게 된 건 결국 남 때문이었다. 시제품 개발의 명목으로 양조 도구를 사는 데 지원금을 사용했으니, 지원사업 담당자에게 증빙 서류를 제출해야 했다. 어쩔 수 없이 강의에서 배웠던 이양주를 어렴풋이 흉내 냈다. 이양주는 총 두 번의 담금을 통해 만드는 술로, 첫 번째 발효 과정인 밑술과 두 번째 발효 과정인 덧술이 필요하다. 밑술에서는 효모를 키워 안정적인 발효를 도모하고, 덧술을 통해 전분과 물을 더 넣어 주면서 술의 양을 늘리고 알코올 도수를 올린다. 쉽게 말해서, 비슷한 일을 두 번

해야 한다는 뜻이다. 밑술 단계에서 요거트를 만들 때 사용되는 비싼 냉동 누룩과 찹쌀을 사용했는데, 왠지 발효도 잘 안 되는 것 같고 하루하루 맛도 이상해지는 것 같았다. 술은 망했어도 서류 제출용 사진은 남았기에 아무 의미가 없던 일은 아니었지만, 그래도 속상했다. 내 이럴 줄 알았지. 이럴까 봐 그동안 술을 담그지 않았는데. 단 한 번의 실패도 허용하고 싶지 않은 욕심은 참으로 명줄이 질겼다.

이대로 두면 술이 영 잘못될 것 같아서, 나름 머리를 굴려 작성했던 기존의 레시피를 무시하고 덧술 차례에 남은 누룩을 모두 쏟아부었다. 찹쌀밥과 물도 계량하지 않고 더 넣었다. 그런데 참 희한하지. 발효가 다 되기를 기다리다 지쳐 그냥 채주를 해버린 막걸리가 엄청나게 맛있었다. 딱 내가 원하던 맛이었다. 막걸리 수업 시간에 가져가 조원들에게 나누니 당장 팔아도 될 것 같다는 칭찬까지 들었다. 재현을 할 수 없다는 점에서 반쪽짜리 성공이었지만 덕분에 작은 용기를 얻었다.

첫 술이 동날 때쯤 두 번째 술을 빚었다. 같은 레시피를 한 번 더 시도하는 대신 새로운 레시피를 짰다. 방 안의 온도가 30도 가까이 되던 한여름이었다. 밑술은 야심 차게 빚었지만 바쁘고 귀찮다는 핑계로 덧술을 늦게 했고, 채주도 늑장을 부리다 겨우 마무리를 지었다. 시간을 보낼수록 정도 붙어야 하는 법인데 꼭 그렇지도 않았다. 별 정성 없이 짜낸 술은 말 그대로 맛이 없었다. 고온에서 발효해서 그런지 시고, 떫고, 썼다. 가뜩이나 이양주라 양도 많은데 난감했다.

실패한 술로 냉장고가 가득 찼다. 그 뒤로 나는 또 한동안 술을 빚지 않았다. 막걸리의 절묘한 맛이라는 게 조상 대대로 내려오는 비법에 우연이 더해져 만들어진 예술이라는 감상에서 벗어나, 사실은 엄청난 첨단 화학의 결과물이라고 인식한 순간부터 회피하고 싶은 마음은 더욱 커졌다. 여러 교육을 들으면서 배우는 게 늘어갈수록 술을 빚을 자신은 반대로 더 줄어들었다. 화학이나 과학이나 수학이나, 평생 못하던 과목을 다시 붙잡고 씨름할 의욕이 없었다.

다행히 용인의 양조장에서 인턴십을 하는 동안 대표님과 부대표님에게 술 빚으라는 얘기를 꾸준히 들었다. 두 분은 내게 어떤 술을 어떻게 빚고 싶은지도 물어봐 주시고, 원하는 재료가 있으면 구해다 주기도 하셨다. 그래서 처음으로 옹기 발효도 해보고, 가루 형태의 팽화미로도 술을 담가 보았다. 아쉽게도 결과는 그다

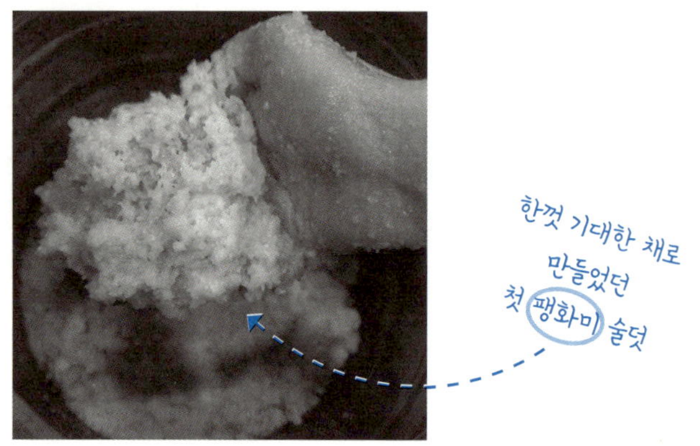

지 좋지 않았다. 옹기에 담가 본 단양주는 효모를 더했음에도 평이한 맛이었고, 팽화미로 담근 술은 폭삭 망해버렸다. 무엇이 문제인지 시간이 오래 흘러도 발효가 잘 되지 않은 데다가 제대로 소독되지 않은 용기 때문에 용납할 수 없는 군내가 났다.

피와 살을 깎는 노력 없이 뒷걸음질 치거나 하늘을 바라보다 황금 같은 레시피를 우연히 발견하길 바랐는데, 그런 일은 역시 일어나지 않았다. 그래도 혹시 모를 행운을 기다리며 빈둥거림은 계속됐다. 아무것도 하지 않으면 아무 일도 일어나지 않는다고 했던가? 아니, 그 말은 반만 맞았다. 손 하나 까딱하지 않던 동안, 그 전년도에 사뒀던 멥쌀 한 포대가 쌀벌레에게 점령당했다. 어쩐지 어느 순간부터 집 안 바닥에 쌀벌레 한두 마리가 보인다 싶더니,

밤이 되면 어디선가 지글지글거리는 소리가 들려왔다. 소리의 근원을 찾아 다가갔다가, 뜯지도 않은 쌀 포대에서 목격한 광경은 더 서술하기 싫을 정도로 끔찍했다.

쌀벌레 사건은 위기감 혹은 긴장감을 불러왔다. 꽤 오랫동안 시간과 돈, 체력을 투자해 마음에 들지도 않을 술을 빚는 건 손해라고 생각했다. 그러나 실상 의미 없는 낭비를 하지 않겠다는 고집으로 머리만 굴리다 귀한 쌀을 다 버리게 되었으니 이거야말로 진정한 손해였다.

물론 그렇다고 해서 내가 그 순간 완전히 태도를 고쳐먹고 미친 듯이 술을 만들게 된 건 아니다. 실천은 변함없이 어려웠고, 급하게 처리해야 할 다른 일도 늘어났다. 그렇게 겨우 한두 달에 한 독씩, 재료와 비율을 바꾸어 가며 천천히 실험을 지속했다. 실패와 발견이 느린 속도로 반복되었다. 마침내 기초 레시피를 잡게 된 건 막걸리 양조장을 하겠다고 선언한 지 약 1년 반이나 지나서였다.

집에서 만드는 막걸리

누구든 집에서 직접 나만의 막걸리를 빚어볼 수 있다. 왠지 막걸리 만들기가 낯설거나, 부담스럽거나, 어렵게 느껴진다면 그건 단지 아직 만들어보지 않았기 때문이다. 막걸리는 생각보다 쉽게 만들 수 있는 술이다.

▽**준비물 (막걸리 1리터 기준)**
쌀 500그램, 물 500밀리리터, 밀누룩 50그램,
채반, 찜기, 막걸리 발효할 용기(1.5 리터 이상 용량), 면 주머니

① 만들고 싶은 막걸리의 양을 정한다. 완성될 술의 양은 넣은 쌀의 양과 물의 부피를 합하면 얼추 맞는다. 예를 들어 약 1리터의 막걸리를 빚고 싶다면 쌀 500그램과 물 500밀리리터를 준비하면 된다. 물론 지게미의 양이 빠지기 때문에 술을 거르고 난 양은 1리터보다는 약간 모자라다.

② 누룩은 사용할 쌀의 10%, 즉 쌀 500그램에 누룩 50그램을 준비한다. 여기서 누룩은 전통 방식으로 만들어진 밀누룩을 이야기한다.

③ 준비한 누룩을 햇볕이 잘 들고 통풍이 잘 되는 장소에 하루쯤 널어놓는다. 이 과정을 법제라고 한다.

④ 다음 날, 윗부분에 맑은 물이 뜰 때까지 쌀을 여러 번 씻어준다. 물이 맑아졌다면 2시간 동안 물에 불린다. 그 뒤엔 30분에서 1시간 정도 물을 빼준다. 이때 채반을 비스듬히 기울여 두면 물이 더 잘 빠진다.

⑤ 찜기에 물을 끓이고 김이 충분히 올라오면 불린 쌀을 올려 찐다. 찌는 시간은 쌀의 종류와 양에 따라 다르지만, 설익은 쌀이 없도록 충분히 찌고 뜸을 들인다.

⑥ 다 쪄진 쌀, 즉 고두밥은 열기를 식혀준다. 손으로 만져보았을 때 차가운 듯 미지근해질 때까지 넓게 펼쳐 놓으면 된다.

⑦ 식은 고두밥과 법제한 누룩, 준비한 물을 넣고 뭉쳐진 밥이 없도록 잘 섞는다. 나는 주로 팔이 아파올 때까지만 섞어주는 편이다.

⑧ 소독한 용기에 치댄 술덧을 넣고 용기 안쪽 벽에 붙은 밥풀이나 국물이 없도록 깨끗하게 닦아준다.

⑨ 20도에서 25도 사이 온도에 술통을 두고 발효시킨다. 3일 차까지는 최소 하루에 한 번 술덧을 저어주고, 4일 차부터는 뚜껑을 닫아 원활한 알코올 발효를 유도한다. (그전까지는 닫든 열든 큰 상관없다.) 하지만 이때도 하루에 한 번씩 맛을 보면서 내 입맛에 맞는지 확인한다.

⑩ 마음에 드는 맛이 나올 때(주로 3~7일 정도를 잡지만 그 이상도 상관없다) 술덧을 면 주머니 혹은 시아 주머니에 넣고 손으로 쥐어짜 걸러준다.

⑪ 내 손으로 만든 막걸리를 맛있게 마신다!

처음 막걸리를 만들어보는 거라면 쌀과 물의 비율은 1 대 1을 추천한다. 그 후에는 비율을 이리저리 바꿔보면서 원하는 맛의 술을 만들어보자. 우리는 성공에서도 배우고, 실패에서도 배운다.

풍덩!

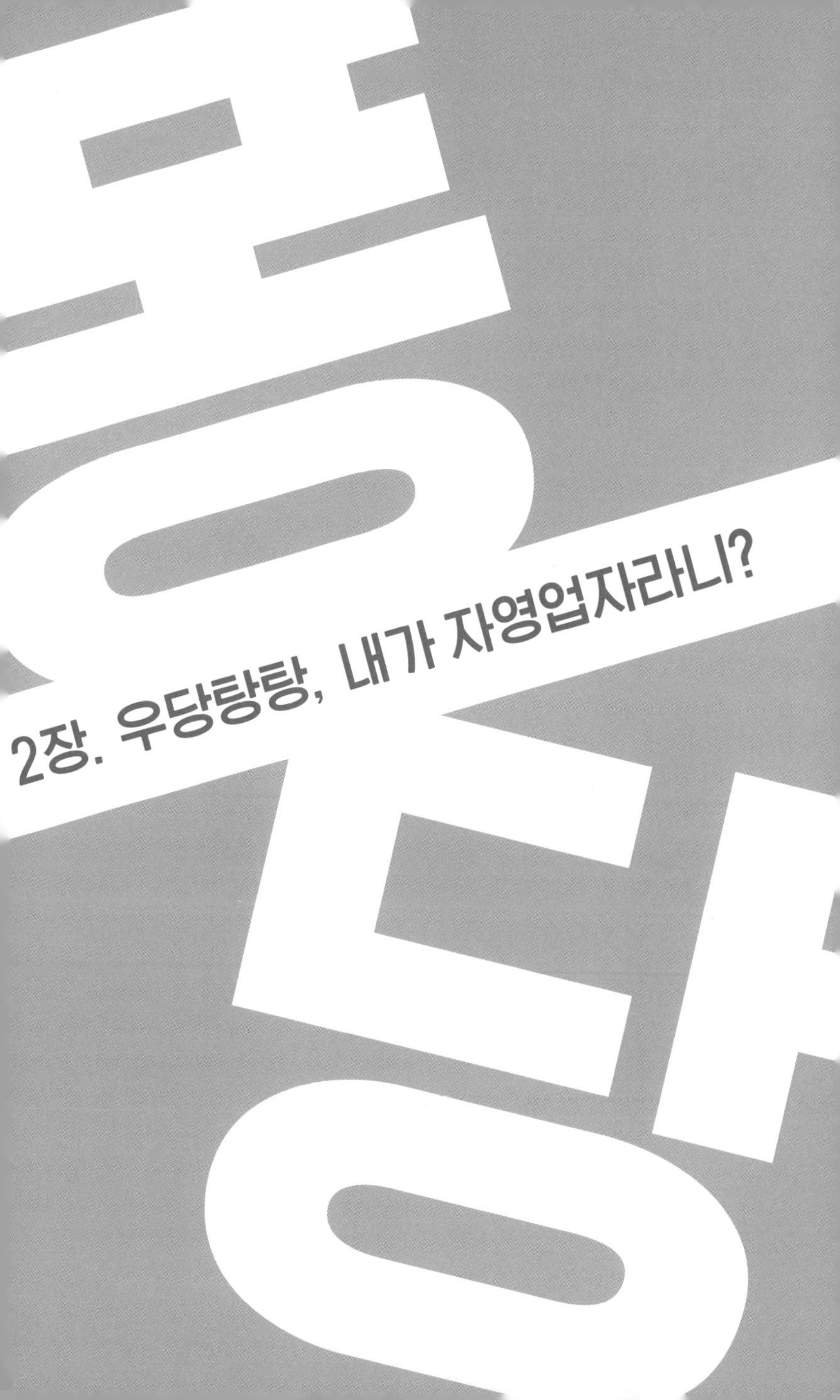
2장. 우당탕탕, 내가 자영업자라니?

술을 팔지
못한다면
경험부터 팔자!

막걸리 양조를 배운 지 반 년이 되었을 즈음, 한 가지 깨달은 바가 있었다. 이대로는 올해 안에 막걸리 양조장을 차릴 수 없다는 사실! 큰일이다. 이럴 줄은 몰랐다. 우선 자본이 없었다. 시간은 벌써 연말로 향해가는지라 새로운 지원 사업 공고도 더 이상 뜨지 않았다. 내가 가진 건 고작 몇 번의 강의 수강으로 얻은 얄팍한 지식과 사전 마케팅을 위해 야심차게 시작했으나 반응이 없어 고요하기만 한 소셜 미디어뿐이었다. 설령 내가 만반의 준비를 갖췄다고 해도 주류 제조 면허를 취득하려면 적어도 3개월은 더 기다려야 했다.

혼자였다면 넋 놓고 시간을 흘려보냈을 거다. 하지만 한창 참여 중인 지원 사업에 제출해야 할 결과 보고서에 뭐라도 그럴듯한 성과를 적어야 했다. 처음 제출한 사업 계획서에 적은 것처럼 당장 양조장을 운영할 수도 없고, 적법한 자격과 시설 없이 술을 만들어 팔다간 차가운 철창으로 잡혀간다. 그럼 나는 여기서 무엇을 할 수 있나.

지원 사업 규칙상 혼자서는 진행할 수 없어 지인 두 명을 팀원으로 두고 함께하고 있었기에, 부랴부랴 그들을 다시 불러 모았다. 우리가 지금 가진 자원으로 뭘 할 수 있을까 궁리했다. 한 가지 답밖에 떠오르지 않았다. 막걸리 빚기 체험 프로그램을 시범 운영해 보자! 전문 지식의 빈자리를 다른 콘텐츠로 채울 수 있다면 1시간짜리 프로그램을 충분히 완성할 수 있을 것 같았다. 다행히 체험 프로그램 운영에는 별도의 허가도 필요하지 않았다. 그렇다고 벌써 정식으로 프로그램을 판매하기에는 여러모로 미숙한 점이 많을 테니, 일단 작은 규모로 테스트부터 할 필요가 있었다.

비록 테스트 프로그램일지라도 여러 번의 회의를 거쳐 진지하게 준비해 나갔다. 우리는 경쟁 업체에 비해 전문성과 가시성이 떨어진다는 점을 명심하고 어떻게 하면 차별화를 할 수 있을지 고민했다. 그동안 고객으로 참여했던 원데이 클래스에서 아쉬웠던 부분을 떠올렸다. 체험은 오감으로 느끼는 과정이기 때문에 이론 학습과는 다르다. 체험에 더 몰입할 수 있도록 도와줄 장치가 있다면 좋을 텐데…….

우리는 그 장치로 스토리텔링을 도입하기로 했다. 전통주인 막걸리의 역사를 강조해 한국 전통 설화를 프로그램 진행에 차용했다. 테스트 프로그램을 실제로 진행하기까지 남은 시간은 두 달여. 팀원들과 각자 한국 신화나 전래 동화를 읽고 모여 괜찮은 소재를 공유함과 동시에 프리토타입을 만들었다. '프리토타입'은 언젠가 독서 모임에 참여했다가 알게 된 개념인데, 하고자 하는 사업을 가장 간단한 방식으로 구체화해 보는 일을 말한다. 흔히 초기 모델을 뜻하는 '프로토타입'보다 더 단순한 형태라고 보면 된다.

우리의 프리토타입은 체험 프로그램의 개요를 담은 아주 짧은 온라인 포스트였다. 프리토타입을 공개하고 사람들의 반응을 기다리는 동안 아직 의논하지 않았던 나머지 세부 사항도 확정했다. 어떤 지역에서 몇 회차나 운영할지, 회차당 인원은 어느 정도가 적당할지, 체험 규모를 어림잡고 필요한 물품 목록도 작성했다.

프리토타입의 공개 기간은 순식간에 지나가고, 곧 예약 페이지를 만들어 진짜 참여자를 모집했다. 열심히 촬영한 사진으로 포스터도 만들어 내걸었다. 인스타그램으로 광고도 집행하긴 했지만 광고에 사용할 수 있는 예산이 워낙 소액이라, 부디 이 너른 정보의 바다에서 우연히 딱 알맞은 고객에게 발견될 수 있기를 간절히 소망하며 기다렸다. 단 하나의 후기도 없고, 누가 봐도 아마추어 같은 모습으로, 생전 처음 들어보는 단체가 개최하는 프로그램에 무려 3만 원이라는 거금을 투자할 용의가 있는 귀인이 제발 나타나기를.

결과는? 놀랍게도 열네 명이나 우리의 테스트 프로그램에 찾아와 주었다. 나 같아도 망설일 조건이었기에 어느 정도 이미 마음을 내려놓고 있었는데 의외였다. 물론 신청자 중 다수는 나를 응원하러 온 지인이었지만, 한 번도 인연이 닿은 적 없는 일반 고객도 있었다. 그들이 우리에게 준 믿음만큼, 우리도 그들에게 만족스러운 결과로 보답을 건네고 싶었다. 프로그램의 커리큘럼은 물론이고, 그 외의 요소들에도 신경을 많이 기울였다. 마침 지원금이 넉넉하게 남아 있던 덕에 손익을 따지지 않아도 되는 상황이라 다행이었다. 금액은 따지지 않고 가장 예뻐 보이는 공유 주방을 빌렸고, 참가자들에게 나눠줄 간식과 기념품도 추가로 잔뜩 구매했다.

테스트 프로그램 시작일이 다가올수록 나는 더욱 부산을 떨어야 했다. 아무래도 이 일을 벌인 책임은 나에게 있으니까. 막걸리 빚기 체험이 끝나고 이어질 다과 시간을 위해 급하게 쿠키 만드

는 법을 배웠고, 손수 구운 피스티치오 쿠키에 직접 만든 술지게미 잼을 얹어 준비했다. 동시에 참석 명부와 동의서, 만족도 조사지 등 각종 서류도 만들었다. 프로그램에 사용할 물품들이 담긴 택배를 받아 사무실에서 정리하고, 원활한 이동을 위해 오랜만에 본가에 내려가 대형 캐리어도 가져왔다.

가장 중요한 고두밥을 챙기는 일은 팀원들 중 유일하게 양조를 배운 내 몫이었다. 두 걸음이면 끝나는 작은 자취방 주방에서 약 15킬로그램의 쌀을 모두 손질했던 일이 주마등처럼 스쳐 지나간다. 혼자 집에서 막걸리를 담글 때야 모든 걸 대충 해도 괜찮았지만 이번에는 달라야 했다. 고객이 직접 사용할 재료니까 가장 이상적인 상태로 준비해야 할 것 같았다.

하지만 모름지기 처음은 언제나 난장판인 법. 가장 첫 단계인 쌀 씻기부터 매우 곤혹이었다. 뿌연 쌀뜨물이 맑게 변할 때까지 여러 번 쌀을 씻어야 한다는 말은 종종 들었지만, 이 정도 양의 쌀은 몇 분동안 몇 번이나 씻어야 하는지 아무도 정확히 알려주지 않았기 때문이다! 멈춰도 될 때를 모르니 처음에는 쌀 1킬로그램을 다 씻고 나면 거의 1시간이 지나 있었다. 팔이 너무 아프기도 하고 도저히 이렇게는 능률이 오르지 않을 것 같아서, 나중에는 대략 열다섯 번 정도 헹구고 끝내는 것으로 스스로 타협을 봤다. 그렇게 쌀을 씻고, 불리고, 물을 빼고……, 쌀이 최대 2킬로그램까지만 들어가는 작은 찜기로 고두밥을 찌는 작업을 열 번 넘게 반복했다.

요령이 없던 나는 혹여 고두밥이 상해 못 쓰게 될까 봐 꼭 체험 당일에 밥을 쪘는데, 이게 또 고생의 화근이 됐다. 주말 아르바이트 때문에 프로그램 진행을 팀원들에게 모두 맡긴 날에도 새벽에 일어나 밥을 찌고, 집에서 1시간 거리에 있는 사무실에 가져다 놓은 후, 아침이 갓 시작되었을 무렵 다시 동네로 돌아와 출근을 했다. 살면서 열정이나 열심을 가져 본 적이 없다고 늘 생각하는데, 되돌아보니 그 순간만큼은 근처에 도달했는지도 모르겠다.

힘을 써야 하는 건 나뿐만 아니라 팀원들도 마찬가지였다. 나흘 동안 28인치 캐리어에 짐을 꽉 채운 것도 모자라 커다란 장바구니에 가방까지 이고 지고 움직여야 했기 때문이다. 예약해 둔 공유 주방에 도착하면 왜인지 매번 더럽게 방치되어 있던 공간을 청소하고, 체험용 소도구와 다과상을 제자리에 놓으며 손님 맞을 준비를 했다. 촉박한 시간과 긴장 탓에 끼니는 대충 때우고, 실수하지 않도록 대본을 재차 노려보고 있노라면 어느새 그날의 첫 번째 고객이 도착했다.

우리가 준비한 테스트 프로그램은 두 가지 콘셉트로 진행되었다. 어떤 이야기와 구성이 참여자의 흥미를 더 끌 수 있을지 알아보고자 함이었다. 나는 바리데기 공주 설화에 도깨비가 등장하는 이야기를 맡았다. 바리데기 공주가 원래의 설화대로 여정을 떠나

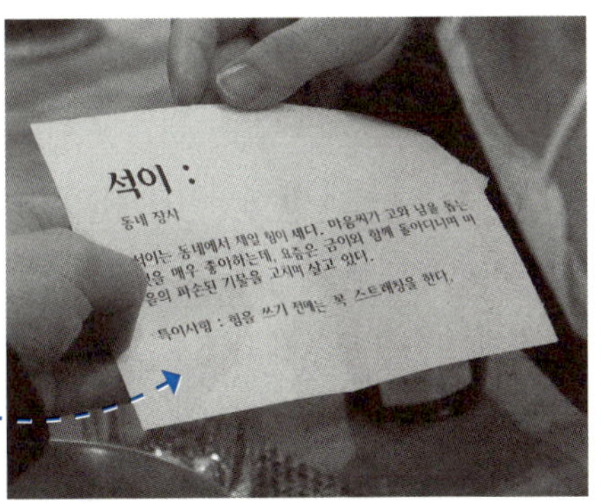

는 도중에 도깨비를 만나고, 도깨비가 길을 비켜줄 수 있도록 참
여자들이 맛있는 막걸리를 만들어야 한다는 설정이었다. 다른 팀
원은 흑룡의 위협을 받는 백 총각과 그를 구하려는 봉왕 딸의 이
야기를 담당했다. 백 총각은 마을을 지키기 위해 흑룡 사냥을 나
서고, 용감하고 재주 많은 봉왕 딸이 위기를 타파한다. 이야기 속
에서 막걸리가 고난을 헤쳐나갈 열쇠로 기능하는 건 같았지만,
참여자들이 각자 마을 주민 역할을 맡아 간단한 연기를 하는 활
동이 추가됐다.

체험이 시작되면 태블릿 PC에 이미지를 띄우고 우리가 새로
창조한 세계관을 설명했다. 직접 그린 그림이며 단출한 글자까지
엉성해 보일 만도 한데, 감사하게도 참여자분들 모두 잘 집중해
주셨다. 심지어 아무리 내가 말을 더듬고 손을 떨어도 놀라지 않

으셨다! 우리는 함께 이야기의 흐름에 맞춰 쌀을 씻고, 고두밥을 찌고, 술덧을 버무렸다. 연출에 따라 가끔은 역할극을 하기도 하고 퀴즈의 답을 궁리해야 하기도 했다. 한순간도 지루함을 느끼지 않도록 촘촘히 구성한 체험의 마지막은 다과상과 기념품 증정이었다. 뭐든 끝이 좋으면 다 좋게 느껴질 테니, 조금 엉성했어도 너그러이 봐주시라는 전략이었다.

낯선 프로그램 안에서 고객들의 반응은 예상보다 자비로웠다. 일단 현장에서 느끼기에 모든 단계가 순조롭게 진행된 것 같았다. 만족도 조사 결과도 꽤 괜찮은 편이었다. 어떤 분은 자발적으로 개인 SNS에 체험 후기를 올려주시기도 했다. 혹시라도 부정적인 의견이 나와 상처를 받을까 봐 걱정했는데 안심이었다. 우리는 별다른 사고 없이 테스트 프로그램을 마무리했음을 자축했고, 결과 보고서도 무사히 작성할 수 있었다. 이 모든 일을 마치고 나니 2022년도 함께 막을 내리고 있었다. 테스트 프로그램으로 옅은 희망을 품게 된 나는, 내년에도 나의 앞길이 술술 잘 풀리게 되리라 믿었다.

태초에
보따리장수가
있었다

시간은 막을 수 없이 밀려와 새해가 되었다. 해가 바뀌고 나에게 남은 건 테스트 프로그램으로 번 첫 수입 약 30만 원과 팔로워가 100명도 채 되지 못한 작디작은 SNS 계정, 공유 오피스의 창가 옆 책상 하나, 그리고 법적으로 회사가 존재함을 증명하는 서류 한 장뿐이었다. 이런 상황에 좌절하지 않으려면, 언젠가 마음먹었듯 끝은 곧 시작이라고 믿어야 했다. 모든 자원을 완벽히 갖추고 창업을 하는 것도 어렵고, 시작과 동시에 승승장구하는 것도 유별난 일이다. 현 상황이 어떻든 내 사업은 계속되어야만 했다. 작년에 받은 지원금을 다시 토해내지 않기 위해서라도 최소 2년간 회사를 유지해야 했으니까. 무엇보다 뭐 하나 제대로 해보지도 않았는데 지레 겁먹고 포기하기는 싫었다.

내가 하려는 막걸리 사업이 희미한 성장 가능성과 수익성을 가졌다는 건 진작 알고 있었다. 이를 애써 무시하며 기꺼이 도움을 줄 선의를 찾아야 했다. 당연히, 가장 시도하기 좋은 건 또 다른 지원 사업이었다. 청년·환경·여성·로컬 등 어떻게든 내 사업과 엮어볼 수 있는 키워드로 지원 사업 공고가 뜨면 무조건 신청하고 봤다. 작년의 도전 결과가 그리 나쁘지 않았기에, 올해 역시 적어도 서류 심사는 통과할 거라는 자신감이 있었다. 그리고 다가온 결과 발표일, 나는 스무 개 정도의 지원 사업에서 모조리 탈락하고 말았다! 내 상상에 이런 절망적인 결말은 없었다. 아, 끝이 곧 시작이라면 시작도 곧 끝이 될 수 있다는 걸 몰랐다니.

탈락 안내 메일이 쌓여갈수록 조급함도 함께 늘어갔다. 취업 준비를 하며 느꼈던 패배감과 정확하게 같은 감정이 하루하루 반복됐다. 내 호기는 이렇게 끝나고야 마는가. 합격은 아무래도 신기루 같았다. 환상이 현실이 되기를 마냥 기다리다간 말라죽을 게 분명했다. 당장 매출을 낼 수 있는 가장 단순한 방법을 생각했다. 우선 짐을 싸자. 그리고 짐을 들고 돌아다니자. 그래, 태초에 보따리장수가 있었다.

내가 팔고자 한 건 작년에 이미 테스트를 마친 막걸리 체험 프로그램이었다. 진짜 모든 짐을 어깨에 메고 전국팔도를 방랑할 수는 없었다. 그럴만한 체력도 없었고 대뜸 문을 두드릴 성정도 못 됐다. 대신 SNS에 체험 진행 안내문을 올렸다. 체험 신청이 가능한 일정은 내가 양조장 인턴십과 주말 아르바이트를 하는 때를 제외한 모든 날, 체험 장소는 신청 고객과 가장 가까운 공유 주방. 오프라인에서도 사람들과 대화할 기회가 생기면 넌지시 막걸리 체험 프로그램 이야기를 꺼냈다.

SNS 팔로워도 적고, 돈이 없어 광고도 하지 못했는데 운 좋게도 정말 예약 문의가 들어왔다. 비록 한 달에 두 번이면 많은 수준이었지만 그저 신기했다. 예약이 확정되면 먼저 공유 주방을 찾아 대여하고, 채주 체험에 쓸 막걸리를 담갔다. 그리고 체험 당일이 되면 아침에 찐 고두밥을 포함해 생수, 앞치마, 보울 등 체험에 필요한 모든 물품을 캐리어와 가방에 한가득 욱여넣고 집을 나섰다. 물품들이 모두 무겁기도 하거니와 부피도 커서, 단 두 명의 체험 객이 있을 때조차 등과 손, 어깨와 옆구리까지 모든 신체에 짐을 짊어져야 했다.

택시를 타면 참 좋았겠지만 지갑에 여유가 없었다. 브랜드 경쟁력이 없으면 가격 경쟁력이라도 있자 싶어서 체험비를 워낙 저렴하게 받았기 때문이다. 이익이랄 게 거의 없는 수준인데 거기에 택시비까지 쓰면 적자였다. 대신 지하철을 이용했다. 뚜벅뚜벅 걷는 게 보따리장수의 정수이지 싶다가도, 만만히 볼 일은 아니었다. 아직 여름이 오려면 한참 남았건만 몇 걸음 떼면 땀이 꽤 쏟아졌다. 진땀을 흘리며 공유 주방에 도착한 후엔 부랴부랴 정리를 시작했다. 내가 얼마나 힘들게 걸어왔든, 벌어 봤자 얼마가 남든, 이런 구구절절한 사연은 고객에게 중요하지 않다. 오히려 그런 점은 티 나지 않는 편이 나았다. 고객은 친절한 진행자와 재밌는 커리큘럼으로 인기가 많은 체험을 예약한 것이어야만 했다. 동정은 오래 지속되지 못한다. 그렇게 속으로 되뇌었다.

가끔씩 준비가 늦는 바람에 막 짐을 푸는 중에 손님이 들어오거나, 손님이 나보다 먼저 도착하는 경우도 있었다. 그럴 때면 바리바리 짐을 싸 들고 돌아다니는 어리숙한 모습을 들킨 것 같아서 무척 민망했다. 몇 번 그러고 나서는 돈을 더 내더라도 공간을 좀 더 일찍 빌리게 됐다. 차라리 그게 마음이 편했다. 체험 중간에는 틈날 때마다 사진을 찍었다. 처음에는 몇 장 정도만 찍었는데, 하다 보니 점점 셔터를 더 자주 누르게 되었다. 찍은 사진은 체험이 끝나고 고객에게 기념으로 보내주었다. 개중에 잘 나왔다 싶은 건 SNS에 올려 내 서비스가 실제로 운영되고 있음을 티 내고자 했다.

이대로 굶어 죽을 수 없다며 서울 서남권을 돌아다녔던 보따리 장수 생활은 그해 8월까지 이어졌다. 굳이 횟수를 세어보자면 체험이 많이 판매된 편은 아니었다. 혹자로부터 그동안 도대체 뭘 한 거냐는 감상을 들을 정도로 말이다. 하지만 나는 이 변변찮았던 발버둥을 결코 후회하지 않는다. 오히려 너무나 자랑스럽다. 제대로 된 매장 하나 없고, 후기도 딱히 없고, 그야말로 정체를 알 수 없는 신생 브랜드를 믿어준 고마운 고객들을 만날 수 있었으니까. 게다가 현장에서 고객들의 반응을 지켜보며 다양한 시도를 해보고, 이를 바탕으로 체험 프로그램을 더욱 업그레이드할 수 있었다. 경험이 쌓이자 자부심도 자랐다. 어디 가서 당당하게 말할 수 있는 이력이, 나만의 포트폴리오가 생겼다. 적지만 돈도 벌었다. 힘들고 다소 멋은 없을지라도, 보따리를 싸 들고 길에 나가길 백번 잘했다.

내향인의 마케팅은 은근하게

사업을 하려면 영업이 필요하다는 걸 나도 안다. 나무를 흔들어야 열매도 빨리 떨어지는 법이니까. 하지만 도저히 적극적인 영업을 할 자신이 없었다. 모르는 사람 앞에 대뜸 나서는 건 물론이고 일면식 없는 사람에게 메일로 제안서를 보내는, 그 흔한 콜드메일 하나 쓰기도 힘들었다. 굳이 이유를 말하자면 첫째는 내 제품과 서비스를 설득할 준비가 되지 않았다는 것이고, 둘째는 원체 자기 자랑에 소질이 없는 탓이다. 못하는 걸 굳이 극복하려 애써야 할까? 나는 그보다 그나마 잘하는 걸 해보기로 했다.

거창하게 말하자면 프리 마케팅, 편한 대로 부르자면 콘텐츠 깔아 놓기다. 목적은 정식으로 개업을 하기 전부터 누군가에게 우연히 발견되는 것. 그래서 그가 내 브랜드를 기억하고 차후를 따라오게 만드는 것이다. 사업을 개시한 후에 마케팅을 시작하면 너무 늦을 거라 생각했다. 미리 해두면 밑져야 본전, 손해는 없다. 그때는 아직 거점 매장이 없었기 때문에 나는 온라인에 콘텐츠를 배포했다.

프리 마케팅의 기획 의도이자 매우 이상적인 경로는, 노출된 콘텐츠로 유입된 사람이 우리 브랜드에 호감을 갖고 끝내 유료 고객으로 전환되는 것이다. 회사원일 때 담당했던 콘텐츠 마케팅이 바로 이 일이었다. 다만 세상에 내놓은 콘텐츠를 결국 누가 발견할지, 혹은 그게 언제 발견될지, 뭐가 발견될지 아무도 모른다는 게 허점이다. 내가 그다지 능력 있는 마케터가 아니었기 때문에 도달한 결론일 수도 있지만, 경험한 콘텐츠 마케팅의 생리가 그랬다.

보통 배포한 콘텐츠가 목표 이상의 결과를 달성하면 '터졌다'고 표현하는데, 이 터지는 콘텐츠를 만들기 위해서 흔히 타기팅을 꼼꼼히 하라는 말이 조언으로 통용된다. 여기서 타깃은 잠재 고객은 물론 콘텐츠가 노출되는 플랫폼까지 포함한다. 한편 콘텐츠의 양 자체를 늘리라는 조언도 흔하다. 둘 다 뻔한 이야기지만 달리 다른 방도를 아는 것은 아닌지라, 나도 세간의 전략을 그대로 따랐다.

먼저 잠재 고객을 상상했다. 다른 말로는 내 콘텐츠를 소비할 타깃 페르소나. 나의 막걸리 브랜드가 전하는 이야기를 계속 따라오면서 결국 구매까지 할 고객은 약간 진중한 성격이라고 설정했다. 짧고 가벼운 농담보다는 길어도 솔직한 감상을 꾹꾹 눌러 담은 문장을 더 좋아하지 않을까? 아마 높은 포용력과 공감 능력도 가졌을 것 같다. 이런 고객이 자주 볼 콘텐츠의 형태는 무엇일까? 에세이, 뉴스레터, 영상 브이로그, 웹툰……. 이 중에서 내 능력으로 제작할 수 있는 건 무엇일까?

내가 상대적으로 쉽게, 또 잘할 수 있는 건 글쓰기였으므로 글을 적겠다고 결심했다. 그럼 그 글을 어디에 보여줄 것인가. 대형 포털 사이트의 블로그와 에세이 전문 플랫폼인 브런치를 최종 후보로 두고 고민하다가 후자를 골랐다. 평균 조회수 자체는 낮은 편이지만 특정 주제에 대해 관여도가 높은 유저들이 많고 향후 출판이나 인터뷰 등 2차 콘텐츠로 발전될 가능성이 더 높았기 때문이다.

그곳에서 내가 발행할 콘텐츠는 '진정성이 담긴 에세이'였고, 주제는 창업과 막걸리, 그리고 친환경이었다. 최종 목적은 브랜드 홍보지만 상업적인 느낌은 최대한 덜어내고, 개인적인 감상에 중

점을 둬 작문했다. 누군가 검색할 만한 키워드를 제목에 삽입하는 것도 잊지 않았다. 이제 남은 과제는 할 수 있는 만큼 콘텐츠를 많이 만들어 내는 것. 보수적인 판단으로 내 최대 포스팅 생산량은 일주일에 하나였다. 매주 수요일에 새로운 에세이를 업로드하는 일정이 몇 달간 반복되었다.

꾸준히 글을 올려 본 결과, 내 글을 읽고 '공감' 버튼을 눌러주는 사람은 예상보다 많았지만 조회수는 현저히 낮았다. 콘텐츠의 질 자체는 괜찮지만 노출이 영 되지 않는다는 해석이 가능했다. 그래서 이때쯤 인스타그램 운영을 시작했다. 인스타그램은 자체 알고리즘을 통해 사용자 맞춤 콘텐츠를 노출해 주는 플랫폼이라 갓 태어난 내 브랜드 계정에는 큰 효능이 없을 것 같아 쓰지 않으려 했건만, 내 에세이를 더 많은 사람에게 보여주려면 어쩔 수 없었다. 뭐, 요즘 브랜드라면 필수적으로 운영하는 채널이기도 하니까. 글과 함께 올릴 간단한 이미지를 만들고 에세이 내용의 일부를 복사해서 인스타그램에 올리는 작업을 시작했다. 해시태그도 최대 갯수인 서른 개를 꽉 채워 달았다. 개중 하나만 걸리라는 심보였다.

프리 마케팅의 성과는 정량적으로 판단할 땐 미미했지만, 정성적으로는 기대 이상이었다. 우선 이렇게 책을 내게 된 것도 모두 꾸준히 온라인에 에세이를 올렸기 때문이다. 나의 바람대로 브런 치를 통해 출간 제의를 받았다. 또 내 브런치를 잘 보고 있다고 언 급하거나, 브런치를 읽고 매장까지 찾아오는 고객이 꽤 많아졌다. 다른 일을 하느라 한 달에 겨우 한두 번 드문드문 포스트를 올리 는 지금에도 말이다. 인스타그램 활동을 통해서도 행사에 초대받 거나 전통주 업계 사람들과 안면을 틀 수 있었다. 상대방을 처음 만나는 자리에서 인스타그램은 꽤 유용한 화제가 되었다. 맞팔로 우를 하고 있다는 이야기를 꺼내면 분위기가 순식간에 부드러워 졌기 때문이다. 이미지 중심의 온라인 광고를 하기에도 용이했다.

당장 반응이 오지 않은 콘텐츠가 시간이 흘러 제 역할을 해낸 경우도 꽤 있었다. 주로 이전에 올린 인스타그램 콘텐츠를 보고 강의나 행사 섭외가 오는 식이다. 특히 체험 현장 사진 같은 경우 에는 워낙 반복된 이미지다 보니 포스트당 반응 자체는 많지 않 다. 그러나 연속된 사진으로 채워진 피드는 다르다는 걸 실감한 다. 사진이 예뻐서, 혹은 공간에 감성이 있어 보여서 체험을 예약 했다는 고객을 자주 만난다. 사전에 기획한 의도는 아니었지만, 현장에서 고객과 대화하다 보니 이런 효과도 있음을 뒤늦게 깨달 았다.

내가 운영하는 소셜 미디어는 여전히 홍보용 채널이라기보다는 아카이브에 가깝다. 쉽게 검색될 수 있도록 여러 채널에 콘텐츠를 심어 두고, 일단 한 콘텐츠로 유입되면 나머지도 몽땅 볼 수 있는 편리한 기록 말이다. 이 묵묵하고 든든한 자산 덕분에 나는 화려하게 영업을 하지 않아도 고객이 우리를 찾아오게 만들었다.

홧김에
신림동 매장을
계약하다!

보따리장수처럼 여러 장소에서 막걸리 체험 프로그램을 진행하는 것도 좋고, 온라인에서 미리 마케팅을 해두는 것도 좋다. 하지만 막걸리 양조장을 차리는 일도 시급했다. 이를 위해 나는 어쨌든 공간을 임차해야 했다. 법적으로 제조업은 독립된 제조장을 갖추어야만 하니까. 그러나 선명한 계획은 없었다. 언제, 어디서, 어떤 공간을 계약할지 아무것도 정하지 못했다. 가장 중요한 예산이 존재하지 않았으니 다른 조건을 생각할 수 없었다. 그저 외부 지원을 받을 수 있는 곳이라면 어디든 들어갈 생각이었다. 언제나 이가 없으면 잇몸으로 살아오지 않았던가. 이번에도 어떻게든 되겠지.

하지만 서울시 구로구 지원 사업에서도, 인천광역시와 서울시 강동구 지원 사업에서도 보기 좋게 똑 떨어지고 말았다. 작년에 지원을 받아 입주했던 사무실도 어느새 계약 종료일이 코앞으로 다가왔다. 갈 곳이 없었다. 특히 마지막이라고 생각했던 면접 심사에서 받은 탈락 소식은 분명 새롭지만 동시에 지겨운 일이었고, 끝내 나를 화나게 했다. 몇 달째 탈락에 탈락만 이어져 진저리가 나던 때였다. 평소 같았으면 욕이나 중얼거리다 잠에 들었을 텐데, 무슨 일인지 그날은 부동산 사이트에 들어가 자취방 주변 상가를 검색하기 시작했다. 남의 인정이나 도움 없이도 보란 듯이 생존하겠다는 오기가 머리를 데웠나 보다.

보증금을 낼 돈도 없는 주제에, 그저 늘어선 목록을 보다가 개중 적당해 보이는 매물 하나를 발견했다. 덜컥 공인중개사 사무소에 연락해 방문 일정을 잡았다. 약속한 임장 날, 사무소에서는 내가 온라인으로 봤던 상가 말고도 근처 비슷한 조건의 공실들을 함께 보여줬다. 불행인지 다행인지 마음에 쏙 드는 건 없었다. 그나마 제일 나은 매물 몇 개를 아빠와 함께 다시 보러 오겠다 말하고 중개인과 헤어졌다.

감정적인 행동을 마치고 나서야 머릿속이 조금 차분해지기 시작했다.

'혹여나 진짜 계약을 하게 된다면 큰돈도 내야 하고, 못 해도 최

소 2년은 있어야 할 테니 후회하지 않게 제정신으로 판단해야 해. 나름의 기준을 세우자.'

우선 첫 매장의 위치는 서울, 그중에서도 서남부권이 좋았다. 내가 취득하려는 소규모 주류 제조 면허는 제품의 통신 판매가 불가능하기 때문에 양조장 인근에 고객이 많아야 유리했다. 막걸리뿐만 아니라 체험 프로그램도 팔아야 하니 무조건 사람이 오가기 쉬운 곳이어야 했다. 인구수가 월등히 많고 교통이 편리한 대도시인 서울이 여러모로 적합했다. 다만 높은 임대료와 경쟁 업체의 분포를 고려했을 때 상대적으로 서남부 지역이 출발하기 적당해 보였다. 마침 당시 살던 자취방도 관악구에 있어서 통근 시간을 줄일 수 있다는 장점도 있었다.

물론 아주 자세한 상권이나 동네는 정해두지 않았다. 좋은 상권은 임차료가 비쌀 테고, 난 수중에 돈이 없다. 그림의 떡을 노려 봤자 무엇하랴. 어차피 마음대로 되지 않을 테니 그런 건 이미 내 손을 떠나 있는 부분이라고 느꼈다.

그래도 매장 자체는 계단 없는 1층에 있었으면 했다. 가시성이나 접근성도 문제지만, 무엇보다 쌀과 술은 들고 나르기 무거웠다. 인턴십을 하며 엘리베이터가 없는 고층이나 지하에 절대 양조장을 차리지 않겠다고 다짐했다. 차라리 임차료를 조금 더 내더라도 꼭 1층에 들어가리라. 아, 침수 피해가 없도록 살짝 언덕 위에 있으면 더 좋고. 그러나 욕심에 비해 가진 자본이 없으니 권리금은 당연히 한 푼도 못 내는 처지였다. 보증금과 월세도 최대한 낮아야만 했다. 그렇지 않으면 일정한 매출이 나올 때까지 버틸 돈이 없었다.

고정 비용을 낮출 수 있다면 위치는 어중간한 골목으로 빠지든 구석으로 내몰리든 괜찮았다. 첫 임장에서 봤던 신대방역 인근 매물들이 이 조건에 부합했다. 그러나 막상 현장을 보고 나니 언뜻 사소해 보이지만 무시할 수 없는 요건들이 마구 추가됐다. 이를테면 멀쩡한 화장실, 북향의 우중충한 분위기가 아닌 곳, 공방과 양조장 공간을 넉넉히 분리할 수 있는 구조 같은 것들 말이다.

아빠와 함께 한 번 더 상가를 살피러 갔을 때는 내 눈에 미처 보이지 않았던 처참한 진실을 더 알 수 있었다. 전기 배선이 너무 낡아 전부 교체해야 한다든가, 수도관 위치 때문에 원하는 곳에 양조 시설을 놓을 수 없다든가, 유리창이 다 폼블럭으로 막혀 쓸 수 없게 되었다든가 하는 것들이었다. 매물을 다시 살펴볼수록 타협하기 힘든 사항은 늘어나기만 했다. 웬만하면 돈이 많이 드는 추가 시공은 하지 않는 편이 좋았기 때문에 나는 그동안 봤던 매물

전부를 깔끔히 포기했다. 나의 즉흥적인 발악은 빠르게 결말을 맞았다.

　하지만 결국 될 일은 된다고 했던가. 며칠 후 중개사무소에서 다시 연락이 왔다. 신림동에 방금 나온 상가가 하나 있는데 와서 보면 좋을 거라고 하셨다. 사정상 못 간다고 하고 싶었지만 왠지 거절할 수가 없었다. 차라리 그저 그런 매물이라 지난번처럼 못내 아쉬운 척 헤어질 수 있길 바라면서 약속 장소로 향했다.

　동네의 가장 안쪽 구석으로 걸어갔더니 완만한 오르막길이 나왔다. 그 끄트머리쯤에 빨간 벽돌 건물이 보였는데 첫 느낌이 나쁘지 않았다. 내심 상상하던 양조장의 모습이 빨간 벽돌집이라서 그런가. 원래 사무실로 쓰이던 곳이었다는 설명을 들으며 입장하니 세상에, 지금까지 본 상가 중에 제일 넓었다. 월세는 같은데 크기가 두 배였다! 그리고 그동안 깐깐하게 걸어뒀던 조건에도 딱히 걸리는 게 없었다. 심지어 있으면 좋고 아니면 말고 식으로 생각했던 장점까지 갖추고 있었다. (아직 녹색 유리였지만) 건물 전면이 유리 통창이라 내부가 잘 보이고, (지나는 버스 노선은 단 하나지만) 도보 1분 거리에 버스 정류장이 있었고, (개방 시간이 정해져 있지만) 무료 주차장도 있었다. 또 (화장실 청소나 방역 같은 일은 내가 알아서 해야 했지만) 관리비도 없었다!

바로 여기다 싶었다. 둘러볼수록 누가 먼저 채갈까 봐 초조해지기 시작했다. 주위에 아무도 없는데 누가 당장이라도 쫓아오는 것처럼 다급해졌다. 덥석 가계약을 하겠다고 전달한 후 제일 중요한 필수 행정 요건을 확인했다. 식품 제조업에 적합한 행정 요건이 아니라면 양조장을 차릴 수 없었기에 서너 번 반복해서 꼼꼼히 모든 항목을 점검했다.

① 건물 용도가 근린생활시설일 것.
② 건축물 용도가 일반음식점 혹은 제조장일 것(혹은 그렇게 변경 가능할 것).
③ 정화조 용량을 충족할 것.
④ 토지 이용 계획상 제조업이 허용된 구역일 것.
⑤ 계약 전력이 충분하거나 증설이 가능할 것.

이 매물이 모든 조건에 부합해야만 했다. 더 나은 매물은 없을 거란 감이 왔다. 초조함은 삽시간에 온몸으로 번졌고, 내 브레이크는 불안에 떨어져 나가버렸다. 주말 내내 멀미가 날 정도로 종일 노트북을 붙잡고 있으면서 확인하고 또 확인했다. 정말 운 좋게도 그곳은 양조장 신설에 필요한 모든 행정 요건에 부합했다. 확인하는 동안 다른 계약 희망자가 나오지 않은 것까지. 그래, 여기로구나!

알맞은 자리가 넝쿨째 굴러 들어온 것까지는 말 그대로 복이었지만, 사실 이어진 계약과 개업까지 마냥 순조롭지는 않았다. 임대인에게 내가 하려는 사업이 시끄러운 주막 형태가 아님을 설득해야 했고, 계약 날에는 부동산에서 중개인과 임대인 간에 실랑이가 벌어져서 나는 계약서를 들고 도망치듯 귀가해야 했으며, 그 와중에 명의를 법인으로 바꿔야 해서 계약서도 다시 썼다. 대출 한도는 예상액의 반토막 수준이었고, 그마저도 대출 실행이 아슬아슬하게 통과되어 임차 시작일에 겨우 대출금을 받을 수 있었다. 해치워야 할 일이 하루하루 솟아나 밀려오는 날이 이어졌다. 깊게 생각할 여유가 없었기에 시간이 얼마나 흐르든 준비랄 것을 하지 못했다. 그냥 어쩌다 보니, 눈앞에 텅 빈 매장이 뚝 떨어져 있었다

돈이 없다면
인테리어는
셀프지

대략 20평 정도 되는 네모난 공간이 내 앞으로 덜렁 생겨버렸다. 와, 내 공간이 생기다니. 이제 이 면적을 효율적으로 쪼개고, 최소의 비용을 들여 그럴싸하게 꾸며야 했다. 에이전시에 의뢰하면 가장 편하겠지만 이러면 지출이 너무 커진다. 한 푼이라도 아껴야 하는 처지에 있을 수 없는 선택지다. 앞길이 막막할 뻔했으나 천만다행히 나는 소위 '인테리어 수저'를 물고 태어났다. 각종 인테리어 현장에서 40년 넘는 세월을 보낸 사람이 바로 우리 아빠다.

"아빠, 나 인테리어 해 줘."

이 한마디가 용역 계약의 전부였다. 그러니까 어쩌면 다른 사람들에게는 별 도움이 안 될지도 모르는 이야기다.

얼마 전 몸이 아프다며 은퇴 선언을 했던 아빠가 내 뻔뻔한 요구에 어떤 기분을 느꼈는지는 모르겠다. 다만 예상보다 꽤 적극적인 태도로 임해주어 놀랐다. 계약한 상가를 둘러보고 돌아간 후 얼마 지나지 않아 아빠는 대뜸 당신 생각대로 시설을 배치한 도면을 보내왔다. 순서상 가장 먼저 구획을 나누는 게 맞긴 했다. 다른 일도 손댈 게 많아 인테리어 준비는 하나도 못한 때였는데, 나도 아빠의 속도에 맞춰 갑자기 머리를 굴리게 됐다.

매장 부지 중에 양조장 설비 공간을 얼마큼 확보할지가 관건이었는데 이게 참 헷갈렸다. 생산 경험이 없다 보니 필요한 규모가 제대로 가늠되지 않았다. 앞서 다른 양조장을 몇 군데 가보기도 했으나 대부분 내 경우와 목적이 달라서 별 도움이 되지 않았다. 너무 넓으면 낭비고, 너무 좁으면 일하기가 힘들다. 한번 가벽을 세워 구역을 분리하고 나면 옮기기도 쉽지 않다. 여러 경우의 수를 그리다가, 2평짜리 양조장을 소개한 어느 인터뷰를 참고해 매장 가장자리에 직사각형의 틀을 잡았다. 대충 계산해 보면 인터뷰 속 양조장과 마찬가지로 2평 정도 됐다.

양조장을 빼고 남은 공간은 모두 공방 겸 홀이 될 것이다. 가장 안쪽에는 조리대를 두고, 그 앞에는 커다란 탁자를 두기로 했다. 아빠는 이에 더해 도면 구석에 창고와 세면대를 하나 더 그렸다.

사실 창고 공간을 없애고 양조장 크기를 더 늘리고 싶었지만 말싸움에서 내가 졌다.

다음 과제는 인테리어 콘셉트였다. 예쁜 인테리어를 선호하는 것은 당연했으나, 박약한 의지로 언제나 대충 살아왔기 때문일까? 중대한 일치고는 단순하게 결정을 내렸다. 막걸리 가게니까 한국적인 분위기로 가자! 한국적인 건축물 하면 조선 시대 한옥이 가장 먼저 떠올라서 그런지, 레퍼런스도 몇 개 안 보고 오래된 한옥처럼 흰색과 고동색으로 공간을 채워야겠다고 생각했다. 아빠는 이미 유행이 한참 지난 색들이라며 반대했지만 이번엔 내가 이겼다. 욕심 같아서는 목재가 들어가는 부분을 모두 원목으로 쓰고 싶었는데, 진짜 목재는 예상한 것보다 훨씬 비쌌다. 그래서 선택한 차선이 바로 시트지였다.

시트지 가게에 도착하고 나서 다시 시작된 아빠의 타박을 한 귀로 흘리며, 고집대로 제일 어두운 월넛 색상의 시트지를 샀다. 그 뒤로도 아빠는 뜬금없이 목재상에 합판을 사러 가자고 하거나, 그새 메인 테이블을 다 만들었다며 문자를 보내오고, 시간 있으면 줄자 들고 매장에 가서 길이 좀 재오라고 연락했으며, 벽에 걸 선반을 완성했다는 소식을 전했다.

대체 아빠는 뭐가 그렇게 급한 거냐며 몇 번이나 비명이 나왔는데, 정신 차려보니 어느새 입주일이 되었다. 시의적절하게 통과된 대출금 1,000만 원도 마침 수중에 들어왔다.

인테리어 공사가 시작됐던 8월은 바람도 이미 햇볕에 데워져 덥기만 했다. 연이어 울리는 폭염 경보 속에서 쓸려 까진 노란 장판과 잿빛에 더 가까워 보이는 백색 벽, 사방에 붙어 있는 조잡한 접착 후크들, 폐기물 처리 비용을 내기 아까웠는지 그냥 두고 떠난 썩은 싱크대, 그리고 유일하게 쓸모가 있었던 싸리비 하나가 공실에서 가만히 나를 기다리고 있었다. 사무실 집기가 모두 비워진 매장은 정말 이게 다였다. 하지만 오늘부터 우리의 손으로 갈고 닦으면 썩 봐줄 만해질지니. 나는 머지않은 미래를 상상하며

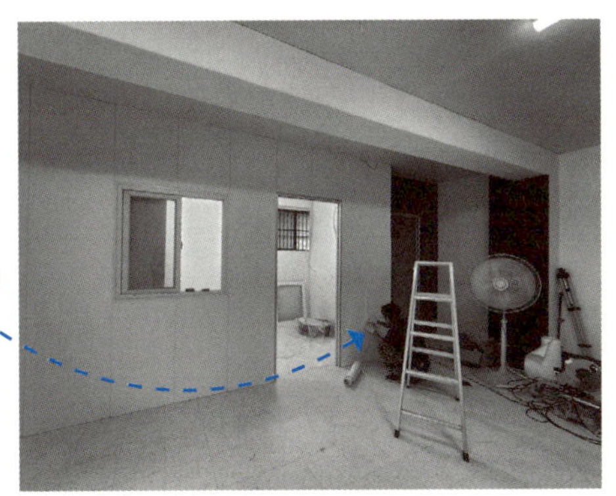

조금 들떴다.

우리는 툭하면 전원이 나가는 대형 선풍기 하나에 의지해서 낡디 낡은 사무실을 쓸고 닦기 시작했다. 아빠는 쌓아온 경력만큼 모든 일을 할 줄 알았다. 전선을 새로 설치하고, 수도를 연장하고, 천장도 새로 붙이고, 조명을 달고, 벽에 페인트를 칠하고, 간판을 붙이고, 데코타일을 깔고, 가벽까지 척척 세웠다. 전문가가 전문적인 일을 하는 동안 나는 하염없이 톱밥과 먼지를 쓸고, 창문을 닦고, 페인트를 서너 번 덧칠하고, 잔심부름을 했다. 아빠는 못 미더운 나에게 그 이상의 일을 주지 않아서 남는 시간에는 보통 구석에 가만히 앉아 있었다.

공사 기간이 늘어날수록 써야 할 돈도 함께 늘어나기 때문에 모든 걸 빠르게 마쳐야 이득이었다. 하지만 복잡한 셈보다 포기가

귀		소	**거 래 명 세 표** (공급받는자용)		

20 년 월 일	등록번호				
귀하	상 호		성명	㊞	
	사업장소재지				
아래와 같이 계산합니다.	업 태		종목		

합계금액	원정(₩)

월일	품 목	규 격	수 량	단 가	공급가액	세 액
	천장 판넬				100만원	
	바닥 데코타일				65만원	
	가벽용 샌드위치 판넬				67만원	
	시트지 (하이브)				) 55만원	
	시트지 (웹보)					
	수도배관 + 계량기				4만원	
	전선용 호스 + 두꺼비집				3만원	
	형광등				12만원	
	조명				8만원	
	싱크대 (중고)				10만원	
	테이블, 밥상 2 (중고)				50만원	
	세면대 싱크 + 수전				12만원	
	페인트 2통 (화이트)					
	도어락				5만원	
	간판, CCTV, 온수기, 냉온풍기					

전 잔 금		합 계	
입 금		잔 금	인수자 ㊞

더 편했다. 인테리어 공사 기간 동안 임대료를 면제해 주는 렌트프리 기간은 딱 보름이었지만, 인테리어는 3주를 꽉 채워 마무리 단계에 접어들었다. 작업자는 두 명이지만 그중 하나는 거의 보탬이 안 되었으니 어쩔 수 없었다.

중고로 산 냉장고를 배송받고, 외삼촌이 개업 선물로 맞춰 준 싱크대와 서랍장까지 들어오자 8월이 거의 끝나갔다. 말도 많고 탈도 많았던 인테리어 작업도 함께 끝났다.

인테리어를 마친 매장은 뭐랄까, 한적했다. 작은 공간을 넓게 보이게 하려고 일부러 사방을 흰색으로 칠하긴 했지만, 거기에서 오는 착시라기보다 그냥 짐이 없었다. 계획했던 거대한 가구를 다 갖춰 놓긴 했는데 이 이상 뭘 더 해야 하나. 당장 남은 돈도 얼마 없고 아기자기한 소품으로 빈틈을 근사하게 메울 자신도 없었다. 시간이 흐르면 차차 채워지리라 생각하며 무작정 나만의 막걸리 양조장 해일막걸리의 개업을 선언했다.

개업을
회피하고 싶었다고
고백해 본다

나에게 불꽃 같은 추진력이 있다는 걸, 창업을 하기 전까지는 깨닫지 못했다. 회사를 뛰쳐나온 지 1년 만에 덜컥 매장까지 계약하다니 제정신인가. 다 저질러 놓고 보니 아차 싶었다. 불꽃은 쉽게 켜지고, 쉽게 흔들린다. 이렇게 일을 크게 벌인 게 뭔가 민망해서, 남들은 공사 시작부터 매장 전면에 붙이고 본다는 현수막도 제작하지 않았고 간판도 정말 뒤늦게 달았다. 계약서에 사인하던 자신감은 어디 가고 이 작은 막걸리 가게를 세상으로부터 숨기고 싶었다. 아니, 어쩌면 내가 숨고 싶었던 걸까? 인테리어를 마치고 정식 개업만을 앞둔 시점까지도, 내 마음은 갈피를 잡지 못했다.

보따리장수가 아닌 번듯한 상인으로서의 새 출발. 꿈꾸던 그 일이 코앞인데도 뭐랄까, 자꾸만 뭉그적거리고 싶었다. 숨만 쉬고 있어도 월세가 나간다는 걸 인지하고 있으면서도 선뜻 문을 열기 두려웠다. 그래서 나는 이래저래 바쁘다는 핑계로 개업일을 미루고, 또 미뤘다. 의도적인 외면은 그새 달이 또 한 번 바뀌어 9월까지 이어졌다. 이러다 진짜 허공에 돈을 통째로 날리겠다 싶어서 억지로 마음을 다잡았다.

일단 열고 보자. 열고 나서 마저 생각하자. 그렇게 정식 오픈을 할 적당한 날짜를 고르려는데 9월 중순에 하필 내 생일이 있었다.

'이왕 마음 먹은 거 확 생일을 개업일로 정해버려? 그럼 최소한 날짜를 까먹지는 않을 것 같은데. 어차피 스스로도 잘 안 챙기는 생일이니 그래, 나 대신 너라도 축하받아라.'

잠깐의 고민 끝에 나는 내 생일을 공식적인 개업일로 정했다. 이렇게 개업일은 확정되었지만, 생각해 보니 막상 뭔가 할 만한 일이 떠오르지 않았다. 당장은 예약제 공방 운영밖에 하지 못하니 팔 물건도 없고 손님들에게 덤으로 줄 것도 없었다. 유동 인구 없는 한적한 골목에서 개업식이랍시고 풍선을 날리고 폭죽을 터뜨릴 수도 없는 노릇이었다. 주변에 다른 상가도 딱히 없어서 같은 건물 몇 가구에 시루떡을 돌리고 나면 그날은 더 이상 할 일도 없다. 이대로면 은근슬쩍 넘어가게 될 텐데, 그래도 일종의 세리머니이자 개업 일정을 지키게끔 만드는 작은 구속을 만들고 싶어서 개업일 전에 지인들을 불러 작게 저녁을 대접하기로 했다.

탁자의 정원은 여덟 명. 여덟 명이 모일 수 있는 날짜를 맞추려면 벌써 머리가 복잡해져서 친구도 몇 없는 주제에 금요일부터 주말까지 사흘 내내 식사 자리를 마련했다. 알아서 되는 날짜를 골라 와라! 호방한 취지였지만, 역시 자리를 다 채우려면 전화번호부와 단체 채팅방을 모조리 뒤져 행사를 널리 알려야 했다. 그나마 열심히 홍보한 덕에 다행히 만석에 가깝게 사람을 모을 수 있었다. 따끈따끈한 새 가게를 찾아준 방문객들은 저마다 하나씩 축하 선물을 챙겨주었고, 나의 낭만적인 요구에 맞춰 방명록까지 남겼다.

이렇게 주변에 요란스레 선언까지 마쳤으니 이제 꼼짝없이 개업을 할 수밖에 없었다. 개업을 앞두고 방명록을 다시 봤을 때, 화이트보드 가득 찬 응원의 문장은 엄청난 힘이 됐다. 다정한 기운은 삶을 되돌아보게 했다. 알고 보면 인복 넘치는 삶을 사는 중인가 싶어 콧잔등이 시큰해졌다. 의미를 담아 준 선물을 볼 때도 마찬가지였다. 돈을 많이 벌게 해준다는 금전수 화분, 액운을 막아준다는 액막이 명태와 코뚜레 등. 엄마는 직접 부엉이 가족 그림을 그려주기도 했다. 뜻은 눈에 보이지 않을지라도, 분명히 든든해졌다.

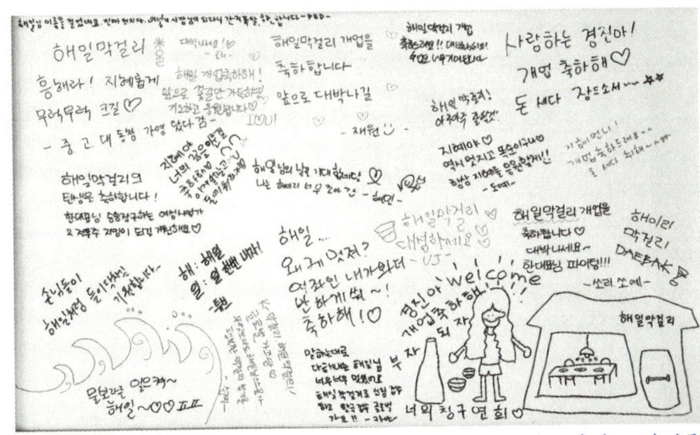

친구들이 남겨준 응원과 축복의 방명록

이제는 어느새 2년이라는 최초의 계약 기간을 지나 암묵적 갱신에 성공했다. 첫눈에 '여기다' 하는 감이 왔던 곳에서. 막상 열어두려니 문이 버겁게 느껴지기도 했지만, 열린 문을 지나 발자국들이 쌓이고 그 위에 새로운 발자국이 다시 쌓여간다. 텅 비었던 매장에 이것저것 짐이 늘어갈수록 정도 함께 스며든다. 나의 안락한 막걸리 공방 겸 양조장으로, 오늘도 변함없이 출근을 한다.

그럼
감당할 수 있는 만큼
일을 벌여야지

내가 선택한 일의 형태는 결국 자영업이다. 이제 매장까지 임차했으니 완전 전형적인 자영업자다. 자영업을 하면 과반은 망한다는 흉흉한 풍문이 도시를 떠도는 시대에, 눈과 귀를 막고 저질러버렸다. 이 글이 어느 날에 읽힐지 모르겠으나, 내가 사는 요즘에는 정말 일주일에 하나꼴로 동네 가게가 문을 닫고, 또 다른 가게가 문을 연다. 마치 파도처럼, 어떤 자영업자는 썰물이 되어 사라지고 그 빈자리를 다른 이가 새 희망을 품고 들어와 채운다. 매장을 오가며 마주치던 낡은 청과물 가게는 카페로 변했고, 푸짐한 샌드위치를 팔던 가게는 어느새 전자담배 판매점으로 바뀌었다. 같은 건물 지하에서 직조를 하시던 공방 사장님도 설비를 모두 치우고 진작 떠나셨다. 그렇게 모두가 거리에서 떠나는 와중에, 나는 새 가게를 연 거다.

작은 막걸리 양조장을 운영하는 게 처음 이 길에 접어들며 생각했던 최종 목표였으나, 막걸리 자체만 팔아서는 먹고살 수 없다는 걸 애초부터 알았다. 뉴스 몇 개만 훑어봐도 막걸리 시장에서 소규모 업자들이 오래 생존하기는 힘들어 보였다. 안 그래도 작은 파이의 더 작은 부스러기 정도가 나의 몫이 될까? 심지어 창업 초기에는 제조업 허가며 인지도 구축이며, 당장 막걸리를 팔아 그 부스러기를 주워 볼 기회도 없을 터였다.

수입원을 늘려야 했다. 어떻게든 돈을 벌어 살아남아야 하니까. 술을 제조해서 유통으로만 승부를 보겠다? 이 시대에는 필패의 정석이다. 무조건 다른 길을 열어 놔야 한다. 그래서 제일 먼저 막걸리 체험 프로그램을 팔았던 거였다. 아무래도 체험 프로그램을 기획하는 게 실제 막걸리 제품을 판매하는 것보다 품과 시간이 적게 들었다. 하지만 당연히 체험 프로그램 하나로는 여러모로 부족했다. 특히 매장을 열기 전 지원 사업에만 매달리고 있을 때는 또 다른 재원이 절실했다. 그래서 나름 크고 작은 일들을 벌여봤지만, 어느 것 하나 이렇다 할 결과를 내진 못했다.

다행히 신림동에 매장을 연 후에는 막걸리 체험 프로그램을 신청하는 고객이 이전보다 늘었다. 하지만 그나마도 월세만 겨우 낼 수 있는 정도였다. 체험이 진행되지 않는 날에는 매장이 텅 비어 있어 아까웠다. 이왕 임차료를 내는 김에 당시 유행하던 공간 대여 서비스를 시도해 봤다. 두 번 정도 예약이 성사되긴 했는데, 지속하고 싶은 마음이 들지 않았다. 내가 통제해 둔 공간에 통제할 수 없는 타인이 들어오는 점도 그렇고, 생각보다 매장 밖에서 신경 쓸 게 많았기 때문이다.

대신 체험 프로그램의 종류를 늘렸다. 하나는 매주해막으로, 돌 주(週) 자를 쓰는 '매주'에 대신 술 주(酒)를 써서 이중적인 의미를 담았다. 말 그대로 매주 해일막걸리에 모여 전통주를 만드는 모임이다. 기존에 서비스했던 체험 프로그램은 1시간만 진행되는 단기 커리큘럼이어서 가장 간단한 기본 레시피를 사용하는 단양주만 빚을 수 있다는 게 아쉬운 점이었다. 그러나 이젠 내 마음대로 쓸 수 있는 매장도 생겼겠다, 단양주에서 벗어나 이양주와 삼양주까지 빚어보는 체험을 기획했다. 체험 참여자들은 매주 1시간씩 해일막걸리 매장에 모여 직접 밑술을 빚고, 덧술도 하고, 채주까지 하게 될 것이다.

물론 매출 단위를 높여 보고자 했던 의도도 있었다. 아직 체험 예약이 드문드문 들어오던 시절이어서 월세를 낼 만큼의 매출이 나오기까지 시간이 오래 걸렸다. 내심 수익을 여유 있게 확보해 두고 싶었지만, 체험료를 무턱대고 올릴 수는 없었다. 빚는 술의 종류나 가져가게 될 술의 양이 넉넉한 '알찬 구성'이라 해도, 체험료가 비싸면 아무도 신청하지 않을 것 같았다. 특히 매장 주변에는 주로 청년과 주부 인구가 많아서, 그들이 기꺼이 지불할 수 있는 적정한 수준을 고민했다. 가격이 10만 원을 넘겨서는 안 되겠다는 결론을 내고, 이에 맞춰 한 기수에 3회 정도의 체험을 진행하기로 정했다.

처음으로 모집한 기수는 체험비 할인에 소위 '오픈빨'이 더해져 여덟 명이나 모였다. 한 달 반 정도에 한 번씩 새 기수를 모집하면서 헤어짐과 만남이 반복되었고, 커리큘럼도 차츰 안정되어 갔다. 3회의 체험 중 한 번은 이양주를 담그고, 나머지 두 번은 부재료를 넣은 단양주를 빚어 가는 형식이 굳어졌다. 첫 모임에는 내가 준비한 간단한 전통주 시음 자리가, 마지막 모임에는 참여자들이 자발적으로 만드는 회포 자리도 생겼다. 기수의 숫자가 늘어난다고 해서 모든 게 더 나아지는 것만은 아니었지만, 정 많고 따뜻한 사람들을 많이 만날 수 있었다. 최초 기수인 0기부터 5기까지 연달아 참여해 주신 단골손님도 생겼다. 손수 술을 빚고 마시며 재밌어하는 얼굴을 보는 것이 얼마나 보람된 일인지. 지금도

매주해막은 10기를 훌쩍 넘어 순항 중이다.

기존에 운영하던 일회성 막걸리 체험 프로그램인 하루 체험보다 체험 시간과 콘텐츠를 늘린 심화 체험도 추가로 만들었다. 입장하자마자 막걸리 칵테일을 한 잔 마시고, 약 2시간 동안 찹쌀 막걸리와 과일 모주, 술지게미를 넣은 다식을 만드는 체험이다. 심화 체험은 하루 체험과 다르게, 막걸리를 빚을 때 사용할 누룩을 미리 수곡 형태로 준비해 둔다. 다시 말해, 미생물이 빠져나온 물만 사용할 수 있도록 누룩을 물에 미리 불려 두는 것이다. 재료 준비가 아주 조금 더 번거롭긴 하지만, 잡내와 이물질이 제거되고 보다 깨끗한 색상의 막걸리를 얻을 수 있어 도입하기로 했다.

또 미리 담은 술덧을 직접 걸러 얻어낸 막걸리로 모주를 끓인다. 막걸리에 각종 한약재를 넣어 끓인 전주식 모주가 가장 유명하지만, 내가 약재의 향미를 별로 좋아하지 않아 과일 티백과 레몬즙, 그리고 설탕으로 대체했다. 남은 술지게미는 다식 반죽에 섞어 사용해 지속 가능성을 강조하고자 한 의도를 살렸다. 꿀이 워낙 많이 들어가는 덕에 막상 다식을 먹어보면 술지게미 맛이 도드라지게 느껴지지는 않지만 말이다.

사실 심화 체험에서 가장 중요한 건 로컬의 의의를 살리는 거였다. 관악구에 첫 뿌리를 내린 김에 이왕이면 지역의 특색을 살린 콘텐츠를 만들고 싶었다. 이미 체험 프로그램의 차별화 포인트로 스토리텔링을 잡았기 때문에 접근은 쉬웠다. 다만 관악구에 얽힌 유명한 설화나 전설을 찾기가 어려웠다. 과거부터 행정구역 변경이 잦았던 넓은 땅이라 그런지, 쓸 만한 이야기들은 죄다 다른 지역으로 넘어가 있었다.

그나마 찾아낸 이야기 하나가 관악구에 위치한 봉천고개의 옛 이름인 '살피재고개'의 유래에 관한 것이다. 봉천고개는 동작구에 위치한 숭실대학교에서 관악구 봉천동으로 넘어가는 길목인데, 옛날에는 나무가 울창하게 자란 덕에 길목을 오가는 사람들을 노리는 도둑이 많이 숨어 있었다고 한다. 그래서 고개를 넘어가려면 꼭 '살펴보고 가라'는 말을 하며 살피재고개라는 이름을 가지게 되었다는 것이다.

그러나 아쉽게도 이 이야기는 이미 단체 고객용 하루 체험 구성에 사용해 버렸다. 그래서 하는 수 없이 가상의 이야기를 새롭게 만들어내기로 결정했다. 조금 터무니없게 느껴질 수도 있겠으나, 참여자가 전생에 관악구에서 유명한 막걸리 장인이었다는 서두로 시작하는 이야기다. 체험이 진행되며 참여자들은 전생의 기억을 되찾고 맛있는 막걸리를 만들게 된다는 식이다. 다행히 후반부에 모주 끓이기 활동이 있어, 불의 기운으로 유명한 관악산을 등장시킬 수 있었다.

이 외에도 다양한 행사를 열거나 새로운 서비스를 도입해 보기도 했다. 하지만 사실 2024년 중반까지만 해도 여전히 문을 여는 날보다 문을 닫는 날이 더 많았다. 그래도 어떻게든 돈을 더 벌어 보겠다고, 살아남겠다고 늘렸던 일들로 실패와 성공을 번갈아 겪으며 관악구의 작은 매장에서 1년 반을 버텼다. 처참히 고꾸라진 시도가 훨씬 많았지만, 한 가지 일만 고집하지 않고 유연하게 판을 짜 놓은 덕택에 예상치 못한 매출이 발생하기도 했다. 주로 '여기라면 이런 것도 가능하지 않을까?'하며 의뢰를 준 고객으로부터 시작된 일이었다. 체험 프로그램을 진행하던 이력으로 외부 기관에 출강을 나가기도 했고, 냉큼 포기한 공간 대여의 경험마저도 당시 놀리던 양조 시설을 빌려주며 돈을 버는 일로 이어졌다. (이제는 막걸리 생산을 시작해서 시설 대여는 불가능하다.) 모름지기 인생은 새옹지마가 맞다!

지금도 내가 감당할 수 있는 범위라면 언제든지 새로운 일을 벌여 볼 의향이 있다. 더 많은 잠재 고객을 끌어안을 수 있는 여력이 생기고, 제삼자에게 추천될 다리가 놓아지며, 추가 수입도 벌어다 주니까. 그러다 보면 해일막걸리의 명줄 역시 조금 더 길어지겠지.

실패한
팝업 막걸리
칵테일 바

매장을 운영하는 동안 살아남기 위한 고민은 끝없이 이어졌다. 아무래도 이 조그만 사업이 흑자로 돌아서려면 프로그램 외에도 막걸리 생산과 판매가 추가로 이루어져야 했음이 분명했다. 하지만 냉정하게 생각하면 내다 팔 막걸리가 생긴다고 해서 갑자기 매출이 급등하지는 않을 것이다. 현실이 상상처럼 늘 긍정적일 수만은 없다는 걸 알고 있으니까.

그래서 떠올려 본 게 막걸리 칵테일 바였다. 칵테일 한 잔은 편안한 자리와 오붓한 분위기를 내어주는 대가로 막걸리 한 병보다 더 많은 이익을 남길 수 있다. 또 이미 만들어 둔 막걸리를 빨리 소진하는 데도 용이하다. 당연히 칵테일 바 운영의 어두운 면을 감내해야 하지만, 충분한 돈을 벌려면 체험, 양조장, 칵테일 바의 세 가지 비즈니스를 동시에 돌리는 수밖에 없다고 판단했다.

그러나 소규모 주류 제조 면허 취득도 늦어지고, 막걸리 제품 개발 일정도 어영부영 밀리면서 막걸리 칵테일 바를 여는 일정은 무기한 연기되었다. 아직 해일막걸리만의 자체 제품이 나오려면 한참 멀었으니 차라리 전통주 바틀샵을 하며 수익을 내보는 건 어떻겠냐는 조언도 있었으나, 마음은 감사히 받되 그 내용을 실천하지는 않았다. 해일막걸리의 이름을 내건 제품이 나오기 전에 다른 회사의 술을 먼저 팔면 주객이 전도될 것 같았다. 그런데 회식 자리에서 만난 한 양조장 대표님이 술을 외상으로 먼저 보내주겠다고 하시니, 단 한 번의 제안에 알량한 신념이 무너져버렸다.

이번 기회에 겸사겸사 훨씬 유명한 브랜드의 덕을 좀 볼 수도 있지 않을까? 그렇게 다른 양조장의 술을 받아 한 달 정도 팝업 형식으로 칵테일 바를 운영해 봤다. 매장에 있는 소품을 다 끌어모아 포스터도 찍으며 애를 썼지만, 빈약한 홍보 탓인지 손님이 없어도 너무 없었다.

막걸리를 사용해 만든 칵테일은 총 네 가지였는데, 준비했던 네 종류의 칵테일 중에 단 한 잔도 팔리지 않은 것도 있었고, 아예 손님이 한 명도 오지 않은 날도 있었다. 최소한 이 정도는 팔리겠지 하고 자신 있게 선주문한 물량은 정식 팝업 기간 동안 반절도

채 소진하지 못했다. 칵테일을 위해 주문한 식재료들은 대부분 손님 앞에 가기도 전에 상하거나 소비 기한이 지나 폐기해야 했다. 레몬이 말라비틀어지고 허브가 썩어 문드러지면 내 마음도 같이 멍드는 듯했다. 유리잔이며 빨대며 냅킨이며 필요한 소품을 잔뜩 사느라 팍팍 줄어들었던 통장 잔고는 좀체 회복될 기미가 없었다.

행사를 하며 깨달은 건데, 우리 매장은 분위기 있는 밤을 보낼 만한 공간이 아니었다. 차라리 밝은 대낮에 캐주얼하게 낮술을 하는 편이 더 어울렸다. 그런데 낮에는 매장 앞 거리에 인적이 없고, 심지어 그리 눈에 띄지도 않는다. 그리고 어디 대낮부터 막걸리 칵테일을 마실 사람들이 있던가? 처음부터 잘못 판단한 거다. 수요 예측부터 완전히 실패한 팝업 행사를 떠나보내고, 매장에는

막걸리와 타로 점을
동시에 즐기는,
이름하야
'술이술이 마수리'

안 팔린 재고만이 가득 쌓였다. 월세 좀 벌어보려고 시작한 일인데, 달이 바뀌어 지난달치 월세를 내고 나니 통장에 달랑 4,000원만 남았더랬다.

그래도 가만히 죽으란 법은 없지! 망한 칵테일 행사가 아리긴 했지만 곧 또 다른 경험과 기회로 이어졌다. 먼저 타로 카드 점을 보는 지인과 함께 다른 행사를 열게 됐다. 칵테일 한 잔을 구매하면 타로 카드 점을 볼 수 있는 식이었다. 재고 처리를 위해 고민하다 나온 묘안이었는데, 다행히 모객에 꽤 성공해서 남은 술을 절반 가까이 팔 수 있었다.

또 칵테일 바를 했던 경험으로 외부에서 막걸리 케이터링 일을 맡기도 했다. 행사를 진행했던 이력을 보고 한 회사에서 먼저 연

락을 주셔서, 연말 회의 자리에 음료로 즐길 수 있도록 막걸리 칵테일을 준비했다. 비용을 계산해 보면 케이터링 한 번으로는 적자였지만, 사업의 포트폴리오가 늘어났다는 점에 의미가 있었다.

그러니 실패는 실패로만 멈춰있지 않는다는 사실은 여전하다. 세상에 의미 없는 시도와 경험은 없다. 엎어지면 다음의 발판이 될 뿐. 팝업 막걸리 칵테일 바는 이름처럼 반짝하고 사라졌지만 또 다른 영역에 도전할 수 있는 동력이 되어주었다. 이제는 웃으며 이야기할 수 있는 추억이다.

돈 대신
넘치는
시간을 쓰자

모든 새내기 자영업자에게는 벗어날 수 없는 뫼비우스의 띠가 있다. 매출을 늘리기 위해서는 자원을 투입해야 하고, 그 자원을 벌기 위해서는 매출을 늘려야 한다는 거다. 도저히 빈틈이 보이지 않는 이 굴레 안에서 하나의 샛길을 만들어 보기로 했다. 바로, 새어나가는 비용을 줄이는 거였다. 사업 초기에 나는 비용을 아끼기 위해서라면 무엇이든 했다. 다른 건 몰라도 시간만큼은 가득했기 때문이다.

애초에 법인 설립부터 혼자 했다. (창업 지원 사업 과정 중에 법인 설립이 꼭 필요했었다.) 보통은 수수료를 내고 전문 업체에 대행을 맡기는데, 그 몇십만 원이 너무 아까웠다. 법인을 만드는 일이 그렇게 어렵고 복잡하다는 소문이 파다했고, 주변에서도 모두 대행을 추천하긴 했다. 나도 내가 관련 경험이나 행정 지식이 전혀 없다는 걸 알았지만, 그럼에도 불구하고 고집을 부려가면서까지 혼자 법인을 만든 이유는 하나였다. 그땐 진짜 돈이 없었으니까! 최저 시급을 받으며 주말 아르바이트를 해 겨우 100만 원 남짓의 월급을 받던 시절이었다. 차라리 내 시간을 갈아 넣는 게 더 저렴했다.

친절한 사람들이 개인 블로그에 남겨 놓은 법인 설립 과정에 대한 기록과 지원 사업에서 제공된 멘토링을 토대로 온라인 법인 설립 시스템을 사용했다. 그렇게 틈이 날 때마다 조금씩 단계를 밟아 나가며 약 일주일 만에 무사히 법인을 만들었다. 자본금은 달랑 50만 원. 그래도 문제는 없었다. 이 과정에서 내가 지출한 건 등기 수수료와 인감도장 제작비 정도였다. 대행 수수료의 5분의 1 수준이다.

사업자 등록도 업체마다 다르지만 10만 원 내외의 수수료를 받던데, 마침 어떤 업체에서 제휴 행사를 진행해 엉겁결에 무료로 이용할 수 있었다. 만약 돈을 내야 했다면 이것 역시 업체를 끼지 않고 혼자 해냈을 거다. 홈택스를 이용하면 아주 간단하게 사업자 등록을 할 수 있으니까.

사업을 지속할수록 돈을 써야 할 곳은 줄줄이 늘어났고, 그럴 때마다 나는 법인 설립을 혼자 했던 것처럼 웬만하면 돈 대신 내 시간을 지불했다. 혼자서도 해볼 만하다 싶으면 어떻게든 되긴 되었다. 초반에는 세금 신고도 세무사 없이 스스로 했다. 처음에는 정말 막막했다. 대학에서 회계를 배우긴 했지만 졸업하고 나니 차변과 대변의 숫자가 서로 같아야 한다는 것밖에 기억하지 못하는 수준이었으니까.

하지만 세무사무소에 매달 세무 기장을 맡기는 데 드는 수수료에 신고 대행 수수료까지, 다 합쳐 수십만 원을 내야할 생각을 하니 무엇보다 강력한 동기 부여가 되었다. 장부를 작성하기 위해 온라인 문서와 동영상을 찾아가며 복식 부기 하는 법을 다시 배우고, 블로그 포스팅 등을 따라하며 세금 신고까지 완료했다. 연 매출이 겨우 몇백만 원이던 시절, 부가세와 법인세 신고를 스스로 해내며 100만 원은 넘게 아낄 수 있었다.

물론 한 번에 완벽하게 성공한 건 아니었다. 첫 부가세 신고 때는 신고와 납부의 개념을 이해하지 못해서 신고만 해놓고 납부를 안 한 적도 있었다! 멍청함으로 야기된 납부 지연세가 고작 몇백 원이라 망정이지. 이후에도 여러 개의 원장 오류를 발견하며 수정 신고와 경정 청구를 몇 번이나 반복했다. 어쨌든 숫자의 늪에서 몇 번 구르다 보니 이젠 원천세나 주세 신고 같은 간단한 업무는 정말 할 만해졌다.

양조장 허가를 받는 일도 행정사를 거치지 않았다. 정확히 말하자면 소규모 주류 제조 면허를 발급받고 식품제조업 허가를 받는 사항인데, 아무래도 외부에 맡기면 금액이 제일 크게 드는 일이었다. 각종 서류 작성 대행까지 치면 최소 몇백만 원은 깨질 터였다. 당시 법인 통장에 몇십만 원밖에 없었으니 꿈도 꿀 수 없다.

나는 다시 주류 면허법, 주세법, 식품위생법 등을 검색하며 어떤 조건이 있는지, 어떤 서류가 필요한지 수시로 기록했다. 틈날 때마다 포털 사이트에서 주류 면허나 양조장 같은 키워드를 검색하고 있노라면 양조장 창업 일기를 적어둔 사장님들의 SNS도 간간이 눈에 띄었는데, 이걸 특히 꼼꼼히 봤다. 이해하기 쉬운 날것의 정보가 상세하게 적혀 있어서 큰 도움이 됐기 때문이다.

실제로 나는 매장 계약 직전까지 양조장 운영을 위해 '토지 이용 계획원'을 확인해야 한다는 걸 몰랐었다. 그러나 운 좋게도 누군가 이에 관해 적어둔 포스팅을 읽게 되면서 매장 부지에 별다른 이상이 없음을 확인하고 무탈히 계약을 진행할 수 있었다. 오프라인에서도 전통주 업계에 있는 사람들이나 전문가들을 만날 기회가 생기면 철면피를 깔고 궁금했던 점을 마구 물어봤다. 관련

공공기관 부처에 문의 전화도 수시로 했다. 원하던 면허 취득까지 시간은 무척 오래 걸렸지만, 결국 최저 비용으로 면허 발급에 성공할 수 있었다.

이뿐이랴. 혼자 발발대며 돈을 아낀 일을 나열하자면 수도 없이 많다. 영업 신고나 제품 품목 보고 같은 일도 그렇고, SNS 운영이나 온라인 광고, 홈페이지 제작도 홍보 대행사에 맡기지 않고 스스로 했다. 이건 이전 직장에서 마케팅 콘텐츠를 제작하고 관리했던 경험이 있어 한결 수월했다. 명함이나 포스터, 심지어 제품 라벨 디자인도 다 내가 했다. 필요한 모든 사진은 매장 집기를 끌고 와 휴대폰으로 찍었다. 갖고 있지도 않은 기교를 억지로 부리는 대신 최소한의 타이포 정도만 배열하다 보니 훌륭하진 않아도 대강 그럴듯해 보였다.

사실 이렇게 뭐든 혼자 해결하는 게 무조건 좋은 선택지는 아니다. 말 그대로 고군분투라서, 효율도 상당히 떨어진다. 직면한 문제가 낯선 분야라면 아예 기초부터 공부해야 하고, 그렇게 한다고 해도 단시간에 전문가 수준의 역량을 갖출 순 없으니 결과물의 질도 상대적으로 떨어진다. 심한 경우에는 나처럼 세금 신고를 마치고, 수정 신고를 했다가, 다시 경정 청구를 할 수도 있다.

한 번에 잘 끝냈으면 될 일을 몇 번이고 반복하는 건 분명 낭비다.

이래저래 스트레스도 추가로 받는다. 대행 서비스에는 소통 업무도 포함되어 있다. 그러니까 내가 그들 대신 여러 기관에 죄다 전화해야 한다는 뜻이다. 전화 한 통으로 끝나면 별 대수가 아니겠지만, 보통 처음 전화에 연결된 사람은 담당자가 아니다. 이제부터 서너 명의 수신인은 더 거쳐야 명쾌한 답을 들을 수 있다. 이렇게라도 끝이 나면 운이 좋은 편이다. 가끔은 기관끼리, 혹은 담당자마다 서로 말이 다를 때도 있다. 판단은 오로지 나의 몫이다.

타고난 센스가 아예 없는 분야라면 안 하느니만 못할 수도 있다. 예컨대 나는 영상을 찍거나 편집하는 데 재주가 없다. 요즘은 숏폼 영상이 대세라는 말에 하루를 꼬박 투자해서 열심히 콘텐츠를 제작해 보면, 결과물은 보통 재미도 없고 반응도 별로다. 그럴 바엔 그 시간을 다른 데 쓰는 편이 더 나았을 거다.

흔히 대표는 실무를 하는 사람이 아니라고, 나가서 얼굴을 비추고 돈을 벌어오는 게 임무라고들 말한다. 실제로 모든 실무를 외주로 돌리고 수익 극대화에 집중해 성공한 1인 기업의 사례를 읽어보면 그 말이 맞는 것 같다. 너무 부럽다! 하지만 만약 당장 가진 게 나 자신과 시간밖에 없고, 어차피 어디 매출을 늘릴 만한 구멍도 마땅치 않다면, 스스로 해야지 별수 있나. 대신 아끼게 된 비용만큼 돈을 벌고 있다고 생각하면 조금 마음이 편하다. 손님이 오지 않는 매장을 지키며 평소와 다름없이 쌓인 할 일을 치워 나가는 이 순간도 사실은 돈을 벌고 있는 거다. 어느 정도 여윳돈이 마련되고 내 시간이 더 귀해질 때가 오기 전까지, 나는 이 외로운 씨름을 이어 나갈 것이다.

1인 자영업자가 해내야 할 멋진 일 목록

나만의 회사를 차리고 1인 자영업자가 되어 홀로 운영한다는 건 정말 멋진 일이다. 왜냐하면 지금부터 아래로 소개할 멋진 일들을 모두 혼자서 해내야 하기 때문이다. 멋진 일에 멋진 일을 더하면 당연히 더 멋진 일이 탄생할 테지.

대표 회사의 얼굴이 되어 모든 일을 결정하고 책임진다. 바깥에 나가서 사람 좋은 미소를 지으며 훗날의 기회를 도모한다.

회계사 외부 업체에 따로 기장을 맡기지 않는다면, 회사의 장부를 관리하며 모든 자금 운용에 절대적인 권한을 가진다. 이 작업을 수행할 시 복식 장부를 작성할 줄 아는 지식이 생기며, 올바른 분개를 위해 검색 능력도 덩달아 증가한다.

세무사 역시 대행 서비스를 이용하지 않는다면, 연간 세금 신고 일정에 맞춰 세액을 계산하고 성실히 납부해야 한다. 아무래도 제일 복잡하고 까다로운 부분이라, 금전적 여유가 생기면 가장 먼저 포기하기를 권유한다.

마케터 매출 증대를 위해 마케팅을 총괄한다. 글, 이미지, 영상을 포함한 각종 콘텐츠를 제작하며 이를 배포할 SNS 계정도 관리한다. 온라인과 오프라인 광고도 집행한다.

디자이너 간단한 홍보물부터 포스터, 라벨, 매장 인테리어 구성까지 모든 시각적 요소를 도맡는다. 이때 원하는 사진을 구할 수 없다면 직접 촬영기사와 모델의 역할까지 수행한다.

*레퍼런스를 찾아보다가 무의식 중에 표절을 하지 않도록 주의할 것.

매장 관리자 매장 청소, 재고 정리, 비품 관리, 손님 응대까지. 매장 안에서 벌어지는 모든 일이 다 업무의 일환이 된다. 해내야 하는 일의 영역이 워낙 넓어서 보통 영업 및 CS 업무까지 확장된다.

제품 개발 및 생산자 제품과 서비스의 기획부터 개발, 생산까지 담당한다. 아이디어를 떠올리고, 실험하고 실패하고 다시 실험한다. 원재료를 손질하고 제품의 품질을 관리하며 청결한 공정을 유지한다. 홀로 전 과정을 책임질 경우 타인과 소모적인 논쟁을 피할 수 있다는 것이 장점이지만, 결과물이 어디로 갈지 모르는 것은 단점이다. 원활한 근속을 위해 체력 증진이 요구된다.

제1의 고객 그 어떤 이보다 가장 가까이에 있는 고객이 된다. 까다로운 기준을 설정해 모든 제품과 서비스가 실제 고객에게 선보일 수 있는 상태인지 점검하는 일을 한다.

▽ 그 외 특수한 상황의 경우

대주주 만약 1인 주식회사로 경영하고 있다면 내가 자본금을 모두 출자한 대주주가 된다. 그러니까 주주 총회나 서면 결의서를 작성할 때 혼잣말만 해도 괜찮다.

채권자 및 채무자 불행하게도 회사에 급하게 현금이 필요한데 당장 대출을 받을 수 없다면? 이때는 대표가 아닌 외부의 채권자로서 내가 회사에 돈을 빌려줄 수 있다. 이렇게 되면 내가 나에게 갚을 돈도 있고 받을 돈도 있는 모순을 획득할 수 있다.

위도 없고 아래도 없는 이렇게 멋진 일들을 내가 다 하게 될 줄은, 나도 미처 몰랐었다.

잘되는 건
하늘의
뜻이겠거니

손님 한 명 한 명이 귀한 시대에 더 공격적인 영업과 마케팅을 하는 것이 인지상정이다. 그러나 마케팅 일을 좀 해봤다고 말하기 민망할 만큼 나는 개업 이후 점차 하늘의 뜻에 모든 일을 위임했다. 일종의 애니미즘 마케팅이라고 할까? 마케팅 결과가 언제나 의도대로 흘러가지 않아 속 태우는 마케터 혹은 자영업자 사이에서, 모든 것을 하늘의 뜻에 맡긴다는 의미로 '기도 마케팅'이라 불리는 유명한(?) 방식이었다.

처음부터 손님이 점지된다고 생각한 것은 아니었다. 불과 얼마 전까지만 해도 오히려 이런 태도를 극히 경계했었다. 나름의 가설을 세우면서 그동안 내가 배웠던 모든 이론을 마케팅 실무에 적용하고자 했다. 그러나 뭘 해봐도 성장 속도가 너무 느렸고, 성취감이 없었던 탓인지 곧 흥미를 잃었다. 유명한 전문가의 강의를 들어봐도 모든 성공이 결과론처럼 들렸다. 그 와중에 손님은 없는데도 너무 바빴다. 모순적인 변명이지만 어쨌든 나 살자고 시작한 사업인데 내 소중한 수면과 수명을 희생하고 싶지 않았다. 그렇게 점차 의욕이 희석되어 갔다.

이도 저도 안 하는 가운데, 희한하게도 간간이 손님이 찾아왔다. 왜…… 그럴까? 나는 범우주적 인과에서 답을 찾을 수밖에 없었다. 내가 남에게 도움이 되는 일을 하면 남들도 나에게 도움을 준다는 나만의 믿음이었다.

한창 창업을 준비하던 시기부터 나는 플로깅, 혹은 줍깅이라고 불리는 쓰레기 줍기 활동에 참여하기 시작했다. 사실 예전부터 알고는 있었지만 막상 혼자 길에서 쓰레기를 줍고 다니려니 왠지 모르게 민망했다. 결국 '봉사 활동'이라는 그럴듯한 명분이 생기고 나서야 비로소 실천에 옮길 수 있었다. 후에는 공유 오피스 사람들과 동아리를 만들어서 함께했다. 공유 오피스의 계약이 끝나고 나서도 플로깅 동아리는 남아 있어서, 체험 예약이 없어 시간이 남을 때면 쓰레기를 주우러 갔다. 그런데 쓰레기를 줍고 나면 그다음 날부터 갑자기 예약 문의가 속속 들어오더니 심지어 규모가 있는 단체 예약이 잡히곤 하는 것이다. 우연이 반복되면 운명이라 했던가? 몇 번의 유사한 경험 이후 나는 매출이 모자라다 싶으면 쓰레기를 주우러 다녔다. 참 신묘하게도 이게 늘 통했다. 거리의 쓰레기를 줍고, 대가 없이 일손을 돕고, 지속 가능성이라는 해일막걸리의 취지를 잊지 않으려 하기에 손님이 와주시는 게 맞는 것 같았다. 그저 덕을 쌓는 만큼, 업보를 청산한 만큼, 복이 돌아오는 것이리라. 간판마저 늦게 단 이 변방의 매장을 어찌 알고 손님이 오는 것인지 설명할 방법은 이것밖에 없지 않은가.

비과학적인 이야기를 하나 더 하자면, 나는 퇴근할 때 항상 불 꺼진 매장을 둘러보며 '잘 있어, 내일 또 올게'라는 인사를 하고 간다. 제발 별일 없이 잘 있으라는 부탁이자 무사히 내일 보자는 염원인데, 누가 정말 듣고 있는 건지 지금까지 큰 사고 하나 없었다. 깜박하고 매장 문을 잠그지 않고 퇴근했을 때도, 냉·온풍기를 끄지 않고 집에 가버렸을 때도 그랬다. 한파에 수도를 틀어 두지 않고 갔는데도 동파를 면했다. 인사를 두고 간 매장은 어둠과 함께 고요히 잠들었다가 다음 날 내가 다시 찾아오기를 기다리는 것만 같다. 이 공간의 주인장이 된다는 게 무척 부담스러웠던 과거가 무색하다.

정말 하늘에서 누군가 나의 일을 도와주고 계신 거라면 부디

앞으로도 어여삐 봐주시기를. 오래오래 좋은 사람들을 만나며 맛

있는 막걸리를 빚을 수 있도록 다복과 평안을 비나이다!

무조건 자치구와
친해질
속셈이다

해일막걸리 매장은 서울시 관악구 신림동에 위치하고 있는데, 처음부터 이곳에 자리를 잡을 생각이었던 건 아니다. 그저 몇 년 전 살던 첫 자취방의 계약 만료일이 다가오던 무렵에 다니던 회사가 강남에 있었기 때문에, 감당할 만한 임차료를 따라오게 된 동네였을 뿐이었다. 말하자면 임시 거처인 셈이었다. 원래 그래왔던 것처럼, 이번에도 집 계약이 끝나면 나는 관악구를 벗어나 어디론가 훌쩍 떠날 예정이었다.

그러나 대뜸 관악구에 해일막걸리 매장을 열게 된 이후로, 나는 태도를 바꿔 이 땅에 열렬히 매달리기로 결심했다. 누구도 시키지 않았지만, 살아남으려면 그래야 할 것 같았기 때문이다. 무조건 자치구와 친해지겠다. 자치구로부터 도움도 예쁨도, 둘 다

받고야 말겠다. 그렇다고 갑자기 구청에 막무가내로 들어갈 용기
는 없었다. 정말 그렇게 하는 분들도 더러 있다던데, 아무도 반겨
주지 않을 그 어색한 분위기가 너무 생생하게 그려져서 도저히
갈 수 없었다. 대신 굉장히 얌전하고 나다운 방법을 택했다. 매일
구청 홈페이지에 접속하는 것이다.

고시공고 게시판에서 새로고침을 계속 누르며 어디 적당한 공
고가 올라왔나 살피는 일은 내 중요 일과가 되었다. 초반에는 별
소득이 없었다. 그러다가 처음으로 내가 신청할 수 있는 조건의
공고가 나왔는데, 구내 소상공인 점포 개선 사업이었다. 영세한
점포의 부족한 심미성을 개선하도록 도와주는 게 목적이었다. 나
는 매장에 방문한 손님들이 기념 사진을 찍을 수 있도록 내부 포
토존을 만들겠다는 내용의 신청서를 작성했고, 결국 합격까지 해
관악구의 지원을 받을 수 있었다. 앞으로도 어딘가에 지원할 거라
면 자치구 사업 위주로 도전하는 게 맞겠다고 느꼈다.

그래서 계속해서 관악구의 자치 사업을 주목했다. 두 번째로
합격하게 된 사업은 관악구의 도시농업 콘텐츠 모집 공고였다. 모
집하는 콘텐츠가 강의형이었기 때문에, 처음에는 망설여지긴 했
다. 게다가 이미 다른 업체에서 진행하는 전통주 만들기 강좌도
개설되어 있던 상태였다. 자신이 없었지만 한 푼이라도 아쉬운 시

기여서, 혹시나 하고 경력과 자격 사항이 텅 비어 있는 백지 서류라도 내봤는데 덜컥 붙어버렸다. 그렇게 한 달에 한두 번씩 강감찬도시농업센터로 출강을 가서 막걸리 만드는 법을 설명하고, 수강생분들과 함께 실습을 했다. 꼬박 1년 동안 총 열두 번의 강의를 하며 새로운 기회도 얻고 뜻밖의 방향으로도 발을 뻗어 볼 수 있었다. 강사 일이 인연이 되어 관악구 도시농업 축제에서 딸기바질 담금주 만들기 부스를 운영하게 된 것이다. 당시 넉넉하게 받았던 부스 운영비는 매장 월세로 유용하게 썼다.

한창 출강을 다니면서 매장 운영에 슬슬 적응해 가던 어느 날에는 구청에서 먼저 전화가 걸려 왔다. 청년정책과에서 주관하는 관악 청년 문화존 프로그램에 지원해 보셨으면 한다는 권유였다. 사실 이미 구청 홈페이지에서 공고를 읽어 알고 있던 차였다. 그러나 딱 사용한 재료비만 환급받을 수 있고, 그마저도 부가세는 내가 내야 하는, 그야말로 사회 공헌 사업이라 접수할 마음을 접었었다. (한창 재정난을 겪던 중이었다.) 하지만 이 드넓은 관악구에서 해일막걸리를 발견해 주다니! 그 감격스러운 사실에 나는 꼭 지원하겠노라 선언해 버리고 말았다.

그해 여름, 최종 선정이 되고 총 아홉 번의 문화 프로그램을 진행할 수 있었다. 나름 막걸리 빚기 체험 외에도 전통주 관계자분들을 섭외한다거나 수제 한식 안주 만들기 시간도 추가해서 더 풍성한 경험을 드리고자 했다. 원활한 참여자 관리를 위해 외부 예약 플랫폼을 사용했는데, 참여비가 무료이기도 하고 우연히 플랫폼 내 노출도 잘되어서 언제나 자리가 꽉 찼다. 별다른 홍보를 하지 않았는데 관련 문의도 제법 있었고, 심지어는 대기 명단에 이름을 올리는 분들까지 생겨서 신기할 따름이었다. 오셨던 분들이 자발적으로 후기 글을 남겨주시기도 했다. 약 스무 개의 후기는 모두 별 다섯 개의 평점을 남겼는데, 그 후기들을 읽는 내내 마음이 찡하게 울렸다. 그분들은 모르셨겠지만 말이다. 이런 맛에 프로그램을 운영하나 싶었다. 안 했으면 어쩔 뻔했는지.

그리고 역시나 이번 사업도 색다른 인연을 불러와 주었다. 우선 지역 방송에 출연하게 되었다. 비록 열심히 검색해 겨우 찾아야 볼 수 있고 출연 시간도 10초 내외로 짧지만, 참 생경한 경험이었다. 또 늦여름에 열린 관악 청년 축제에도 참여할 수 있었다. 당시에는 종류를 늘려 세 가지 담금주를 만들어 보는 체험 부스를 운영했다. 섭외 자체가 관악 청년 문화존 참여 업체 위주로 진행되었다고 하니, 분명 덕을 보았다. 재고가 남으면 어쩌나 했던 걱정이 무색하게 담금주 부스는 아주 인기가 좋았다. 계산할 수 있었던 최대 매출에 도달했을 정도로. 이제는 담금주 체험 부스만 벌써 네 번째 운영 중인데, 담금주에 넣을 재료 조합을 계속해서 늘려가고 있다. 부스 프로그램 참여를 계기로 유료 고객이 되어 매장에 다시 찾아주신 손님도 있었고, 이러한 이력 덕분에 관악문화재단 산하 매거진과 인터뷰를 할 수도 있었다.

가을이 시작되었을 때는 관악형 로컬 브랜드 사업에 합격해서 막걸리 개발에 필요한 재료비를 모두 충당할 수 있었고, 파운드 관악이라는 교육을 통해 로컬 브랜딩에 대해 더 배울 수도 있었다. 파운드 관악의 마지막 교육 시간이자 사업 계획서 발표일에는 감사하게도 대상을 수상하며 그해를 마무리했으니, 계획대로 관악구와 1년 내내 붙어 다닌 셈이다.

나열한 것처럼 자치구와 친해져서 생존하겠다는 다소 음흉한 의도는 바람대로 잘 먹혔다. 지금도 여전히 지역 프로그램이나 행사에 섭외 연락을 받고, 또 지원을 하고 있다. 만약 뿌리내린 곳에 신경 쓰지 않았다면, 해일막걸리는 진작 스러지고 말았을 거다. 그리고 앞으로도 그러리란 예감이 강하게 든다. 따라서 작년에 이어 올해에도, 또 내년에도 해일막걸리는 관악을 단단히 껴안을 예정이다.

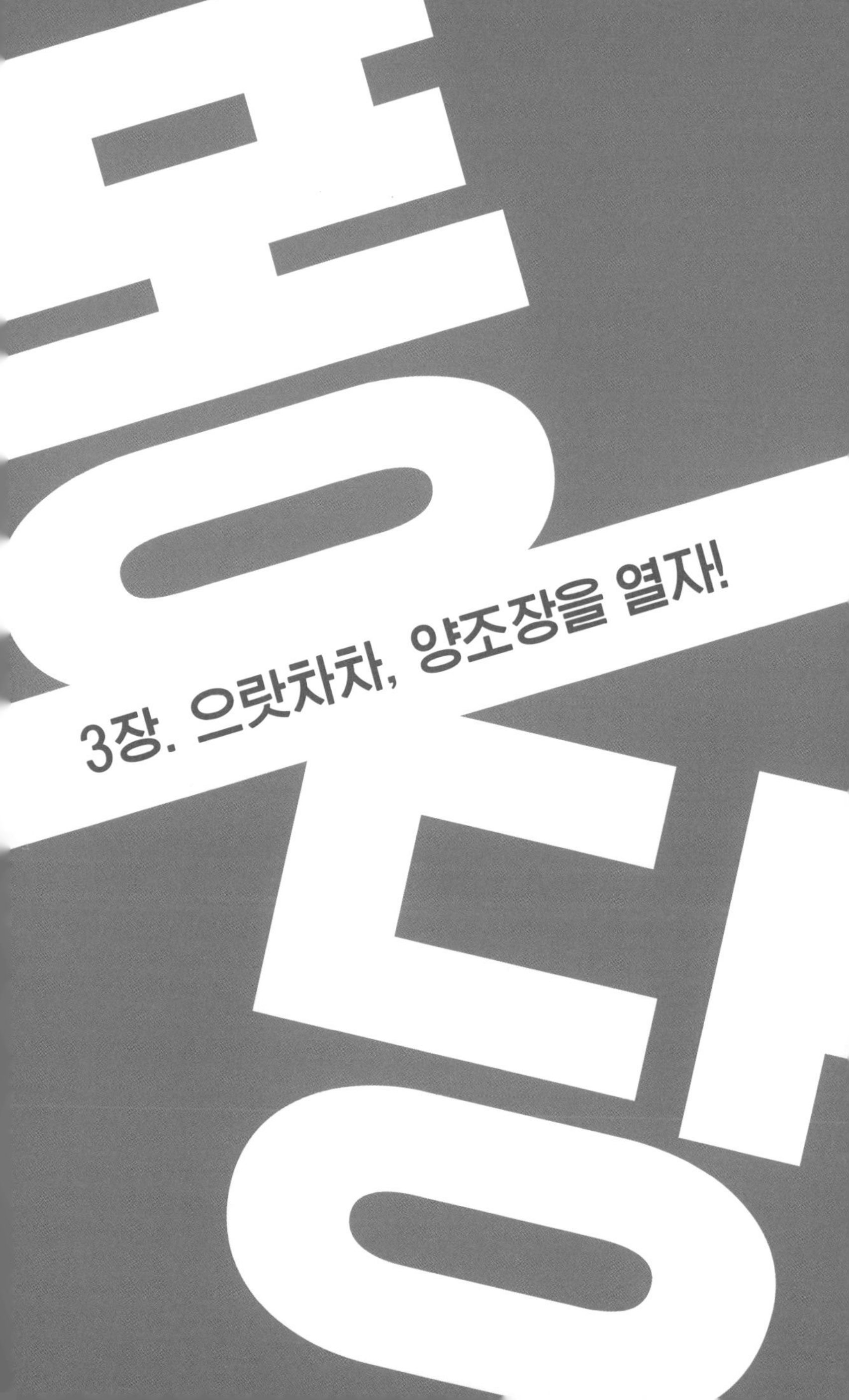
3장. 으랏차차, 양조장을 열자!

나 홀로
소규모 주류 제조
면허 받기

창업을 고민하던 시절, 혼자서 대뜸 막걸리 양조장을 차리고 싶다고 했을 땐 모두 내게 힘들 거라고 했다. 그들이 맞았다. 진짜 힘들었다! 상품을 판매만 하는 매장이 아니라, 매장 내에 막걸리를 대량으로 제조할 수 있는 양조장 시설을 구비하는 것이 관건이라 어느 하나 쉬운 게 없었다. 그러나 불가능한 일은 아니었다. 우여곡절에도 끝은 있는 법이다.

막걸리 체험 프로그램을 넘어 본격적으로 양조장을 개설했던 얘기를 꺼내려면 먼저 이 이야기부터 풀어야 한다. 국내에서 막걸리를 만들어 팔 수 있는 면허에는 세 가지 종류가 있다. 하나는 제조자가 무형문화재이거나 식품 명인일 때 발급받을 수 있는 민속주 면허, 제조자가 농업인이거나 농업회사 법인으로서 제조장 소재지나 인접 지역에서 생산한 농산물만 재료로 사용할 수 있는 지역특산주 면허, 그리고 음식점 등 소규모 업장에서 술을 만들어 팔 수 있도록 한 소규모 주류 제조 면허다.

원래 모든 주류는 온라인 판매가 금지되어 있었지만 전통주 산업 육성을 위해 2017년부터 정부에서 예외적으로 통신 판매를 허가했다. 하지만 전통주라고 해서 모두 가능한 것은 아니고, 앞서 소개한 면허 중 민속주 면허나 지역특산주 면허가 있어야만 가능하다. 하지만 나는 명인도 아니고 농업인도 아니고, 그렇다고 농업회사 법인을 만들 여건도 되지 않았기에 아쉽지만 온라인 통신 판매는 포기하고 소규모 주류 제조 면허 취득을 목표로 했다.

그럼 돌아와서, 해일막걸리의 초심은 '지속 가능한 막걸리 양조장'이었다. 공방이야 아무런 제약 없이 운영할 수 있지만 양조장은 다르다. 온갖 행정 요소를 챙겨야 한다. 이런저런 고민 없이 가장 편한 길을 고르자면, 기존에 다른 사람이 운영하던 양조장을 인수하는 방법도 있었다. 그러나 원하는 장소, 시기, 비용 등을 다 따진다면 실현하기 어려웠다. 그래서 보통은 컨설팅 업체에 대행을 맡기거나 행정사에 기초 작업을 의뢰하곤 한다. 하지만 누누이 말했듯이 나는 그럴 돈이 없었기에, 홀로 양조장을 만든다는 고독한 여정을 시작했다.

이번에도 포털 사이트 검색부터 시작했다. 공개된 법령을 찾아보고, 이미 양조장을 창업한 사람들의 기록을 정독했다. 앞에서도 한 차례 설명했던 것처럼 주류 제조 면허를 취득하는 절차나 방법 등을 쉽게 기술해 둔 문서가 더러 있어서 꽤 유용했다. 양조장 건물, 그러니까 해일막걸리의 터전이 될 매장이 식품 제조 가공업 등록이 가능한 근린생활시설인지, 일반음식점 운영이 허가되는 정화조 용량을 보유한 건물인지, 적절한 토지 이용 계획 하에 있는지 등 필수로 확인해야 하는 요건을 알게 된 것도 모두 온라인 검색 덕분이었다. 웹에서 찾지 못한 정보나 읽어도 이해가 안 되는 부분은 구청과 세무서에 전화를 돌려 확인했다. 이렇게 수집한 정보로 봐둔 매물에 행정적 문제가 없는지 세 번이나 확인한 후에 부동산 계약서에 도장을 찍을 수 있었다.

인턴십을 했던 양조장 부대표님께도 늘상 양조장 설비에 대한 질문을 드렸다. 중요한 결정 사항 중 하나는 발효조, 쉽게 말해 막걸리를 발효시킬 때 사용하는 통의 종류와 크기였다. 소규모 주류 제조 면허는 막걸리 제조 과정에 따라 발효조와 숙성조, 제성조 등 제조에 사용되는 모든 용기를 합쳐 총 용량이 1,000리터 이상이 되게끔 여러 개의 용기를 갖춰야 한다. 나에게는 한 대에 200만 원 정도 하는 대형 자동 발효·교반기를 대체할 용기가 필

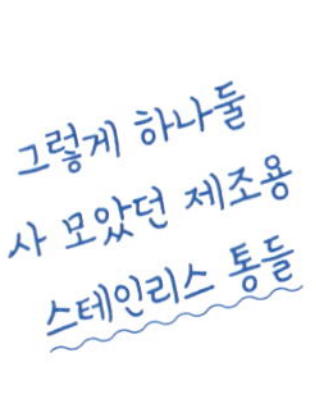

요했다. 내 주머니 사정을 생각하면 하나를 사기에도 너무 비쌌으니까! 차선책은 무난한 스테인리스 들통이었다. 그럼 들통을 어떤 용량으로 얼마큼 구비할 것인지가 관건이다. 단순하게 계산해 100리터짜리 들통을 열 개 정도 사둔다면, 머리 아픈 일은 줄어들 수 있겠지만 분명 몸이 고생하는 일이 생기겠지. 그렇다고 작은 용량의 들통을 수십 개를 산다면 공간도 모자라고 지출도 늘어날 것이다. 낭비하지 않으려면 처음부터 조합을 잘 짜야 했다. 나 혼자서 충분히 관리할 수 있는 크기로, 개수와 비용은 최소한으로 잡아서.

처음에 혼자 세웠던 계획은 이러했다. 밑술을 담을 20리터짜리 통부터, 물을 충분히 넣을 수 있도록 180리터짜리 제성용 통까지 다양한 크기의 용기를 여러 개 갖추는 것이었다. 하지만 공정상 비효율적이라는 부대표님의 조언에 따라 10갤런, 그러니까 약 38리터 용량의 통으로 모든 제조 과정을 해결하고, 남은 법적 기준 용량을 채우기 위해 100리터짜리 통을 몇 개 더 사 놓기로 결정했다. 그간의 경험을 되짚어 보면, 어차피 내 팔로 버틸 수 있는 무게가 최대 25킬로그램 정도이기에 무턱대고 큰 통을 사봤자 들지도 못한다. 부대표님의 의견이 더 합리적이었다.

이렇게 대략적인 기획을 마친 후에야 양조장 공사에 들어갈 수 있었다. 앞서 아빠와 함께 매장 인테리어 작업한 이야기를 먼저 했는데, 양조장 내부 공사도 그때 한꺼번에 진행했다. 매장의 메인 공간은 공방으로 운영하며 막걸리 판매와 체험 프로그램을 진행해야 하기 때문에 양조장 시설과 분리해야 했다. 내가 희망한 건 통유리로 벽을 세워서 매장 밖 길거리나 공방 공간에서도 잘 들여다보이는 오픈형 양조장을 만드는 것이었다. 하지만 그 꿈은 인테리어 현장 작업 전문가인 아빠 앞에서 단박에 기각당했다. 잠시 외부 일정을 소화하고 공사 현장으로 돌아왔을 때 이미 두껍고 불투명한 샌드위치 판넬로 가벽이 쳐져 있었다. 투박한 샌드위치 판넬과 그에 달린 옹졸한 창문을 처음 마주했을 때는 정말 슬프기 그지없었지만, 생떼를 써서 되돌릴 수도 없는 노릇이니 그냥 적응하기로 했다.

사실 바닥을 붙이고 벽을 세울 동안 주류 제조 면허 신청 절차에 돌입하는 것이 이상적이다. 서류 제출 단계부터 완공된 제조장이 필요한 건 아니기 때문이다. 임의로 기물의 위치를 표시한 도면만 있으면 일단 접수가 가능해서, 시간을 아끼려면 하루라도 빨리 서류를 꾸려야 했다. 하지만 내 처지로는 해결할 수 없는 어떤 문제 (그게 뭔지는 모르겠지만) 때문에 양조장 허가가 나오지 않을 수 있다는 불안감이 사라지지 않았다.

유사한 경험도 없고 전문 지식도 없으니 확신이 있을 리 없었고, 작은 노력이라도 허무하게 잃고 싶지 않아 제조 면허 신청을 미룰 수 있을 때까지 미뤘다. 겨우 마음을 다잡았을 때, 신규 주류 제조 방법을 먼저 승인받아야만 서류 접수가 가능하다는 걸 알게 됐다. 급하게 기본적인 막걸리 레시피를 만들어서 심사를 요청했더니 반려 결정이 내려졌다. 문제가 된 부분을 수정해서 다시 적격 판정을 받을 때까지 약 한 달을 허비하게 됐다.

그 와중에도 끝없이 등장하는 사소한 문제와 뜬구름 같은 고민으로 시간을 마냥 흘려보내다가, 정식 면허 대신 조건부 면허를 신청할 요량으로 해가 바뀌기 직전에서야 필요한 서류를 한 무더기 챙겨 세무서로 향했다. 그러나 담당 세무관님이 어차피 절차도 같은데 조건부 면허 대신 정식 면허를 바로 받자고 권유하셨다. 설명을 듣다 보니 또 혹해서 냉큼 그러자고 해버렸다. 그럼 당장 몇백만 원을 들여 설비를 갖춰놔야 한다는 사실은 세무관님과 통화를 마치고 나서야 떠올랐다.

다급하게 매장 월세보다 비싼 알코올 측정용 간이 증류기를 사고, 나머지 스테인리스 통을 주문하려는데 갑자기 구청에서 건축물대장상의 건물 용도를 바꿔야 한다고 연락이 왔다. 계약 전에 확인했을 때는 아무 이상이 없었고 다른 주무관도 굳이 바꾸지 않아도 괜찮다고 한 부분이었는데, 하필 우리 지역 담당자만 강경한 입장을 고수했다. 혹시나 여기서 또 문제가 생길까 봐 일단 할 일을 모두 멈췄다. 다행히 건축물 용도를 바꾸는 일은 간단하게 해결할 수 있었다. 그러나 의심으로 하루하루를 채우며 꾸물댄 탓에, 약 세 달이 지나서야 발효통 구입을 모두 끝내고 용기 검정 신청을 할 수 있었다.

엄청나게 비효율적인 일정으로 진행되었지만 그래도 용기 검정만 깔끔하게 통과하면 고비를 거의 다 넘었다고 할 수 있었다. 담당자님의 조언에 따라 혹시 모를 사태, 그러니까 측정 용량이 모자라 다시 용기 검정을 받아야 하는 참사에 대비해 예비용 들통을 하나 더 사고 약속된 검정 일을 기다렸다. 내 계산상, 미리 사둔 용기의 용량을 모두 합치면 무려 1,044리터였다. 이 정도면 꽤나 넉넉하지! 그러나 막상 측정을 시작하자 고작 948리터밖에 인정되지 않았다. 허가 기준인 1,000리터가 되지 않아 설마설마 했던 부적격 판정이 나왔다. 말도 안 된다고 잠깐 항의도 해봤지만 우긴다고 되는 일이 아니었다. (알고 보니 용기의 상단부는 용량에서 제한다는 기준이 있었다, 맙소사.)

별수 없이 추가 들통을 사고, 다음 연락이 올 때까지 무한히 기다렸다. 새로 산 들통의 인증 사진을 찍어 보내고 이제야 끝났나 싶었는데, 이번엔 법인 감사 서류에 문제가 있었다. 한 단계, 한 단계를 지나며 하나씩, 하나씩 문제가 마중 나오는 모습에 실소가 절로가 나왔다. 여러 사정으로 서류 보완이 예정보다 한 달 정도 늦게 완료되었고, 12월에 신청해 후년 4월 안에는 나오리라 예상했던 면허는 5월을 넘겨서야 겨우 '신청'만 마친 상태가 되었다. 마침내 통보된 면허 발급 예정일은 무려 7월이었다. 하, 더 이상의 문제는 안 된다. 진짜 간절하게 바라며 하루하루를 보냈다.

기다리고 기다리던 7월이 되고, 남들은 3~4개월이면 수령한다는 주류 제조 면허가 1년을 조금 못 채우고 내 손에 들어왔다.

내
막걸리니까
내가 좋은 걸로

여차저차 양조장을 차렸으니 해일막걸리만의 술을 내는 것이 당연지사. 양조장 공사를 하기 전부터 미리 레시피를 완성해 두고 제조 면허를 받자마자 새 제품을 출시하는 게 가장 효율적인 행동이지만, 나는 그러지 못했다. 이유는 짐작하다시피. 한동안 눈앞에 쌓인 일을 해치우고, 정신없이 새로운 일을 벌이고, 여유가 생기면 무조건 쓰러져 누워있다 보니 양조는 건드리지도 못했다. 그래도 언제나 내 술에 대한 고민을 멈추지 않았다. 하지만 희망찬 상상보다는 부채감에 더 가까운 심정이었다.

스스로 진 빚을 깔끔하게 갚으려면 늦은 만큼 맛있는 막걸리를 만들어야 할 텐데, 그 맛이 문제였다. 술은 기호식품이다. 그러니 다수의 기호에 맞는다면 맛이 좋다고 말할 수 있겠다. 많은 이들이 좋아할수록 시장에서 성공한 술이 될 테고. 이 지당한 논리에 따라 대중이 좋아할 맛의 막걸리를 만들고 싶었다. 하지만 현실은 그리 호락호락하지 않았다. 따져 보니 문제가 아주아주 많았다.

나를 가장 헷갈리게 한 건, 사람마다 맛의 기준이 다르다는 거였다. 양조장 일을 돕던 시절 전통주 박람회나 축제에 참여해 시음 행사를 거들곤 했는데, 같은 술을 마셔도 후기가 제각각이라는 진실을 몸소 겪었다. 분명 앞서 시음한 이는 달콤하다고 평했던 막걸리였는데, 다음에 시음한 사람은 술을 입에 대자마자 너무 쓰다며 인상을 찡그렸다. 오미가 다 그랬다. 너무 시다는 반응과 산미가 조화롭다는 감상이 동시에 나왔다. 향도 마찬가지였다. 나한테는 강하게 느껴지는 밀누룩 특유의 쿰쿰한 냄새나 기묘한 발효취를 다른 사람은 맡지 못하기도 하고, 쌀의 풋내나 시큼한 산 냄새가 나에겐 그저 모나지 않은 무난한 향취처럼 느껴지기도 했다. 수십 번의 관찰 끝에 나름의 결론을 냈다.

'모두의 마음에 드는 술을 만들 수는 없구나!'

취향의 너비를 경험해 보니, 누구나 좋아하는 술을 내는 건 애초에 불가능한 일이었다. 포기하자! 대신 그냥 내 입맛에 맞는 술을 만들기로 했다. 달달하고 약간의 탄산이 있어 마치 음료수처럼 느껴지는 막걸리, 단독으로 마셔도 맛있고 음식과 같이 먹으면 탄산음료 마냥 속을 시원하게 내려주는 막걸리를 만들자. 다만 너무 묽어서 맛에 빈 공간이 느껴지거나 미숫가루처럼 과하게 눅진한 질감이 나서는 안 된다. 내가 자신 있게 맛있다고 말할 수 있는 술을 팔자. 애초에 나는 공감이 안 되는 상품을 팔 수 있는 성정도 못 된다. 나부터 확신이 없으면 남에게 권유도 못 한다. 그러니 나의 양조장에선 내가 좋아하는 술을 만들어 파는 게 맞았다.

술맛의 목표를 정했으니 그 맛을 실현할 레시피를 구상해야 했다. 양조 이론을 공부하면서 외웠던 원리들을 이리저리 조합해 가설을 세웠다. 하지만 나는 초짜였고, 현실은 녹록치 않았다. 막걸리에 들어갈 재료들의 종류와 비율, 배합 방식 등을 설정한 테스트 작업의 결과가 나올 때마다 대부분의 가설을 폐기해야 했다. 양조에도 물론 공식은 있지만 그건 수학과 같은 이치는 아닌 듯했다.

꽤 답답한 시간을 보냈다. 예측은 너무 쉽게 빗나갔다. 시도는 천 번이고 만 번이고 해봐야 한다는 성공한 사람들의 조언이 와닿지 않았던 시기였기에, 또 한참은 아예 술을 빚지 않기도 했다. 감미료 없이 최대한 쌀의 단맛을 이끌어내면서, 변질을 막기 위해 효모의 힘을 떨어뜨리는 방법을 알아내야 했다. 물론 혼자서는

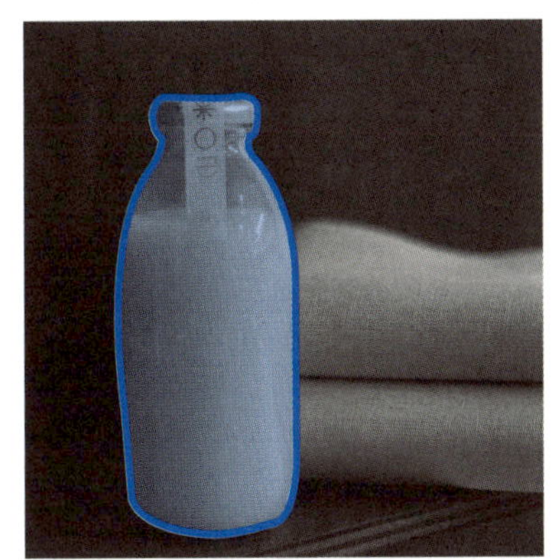

할 수 없어서 또 여기저기 물어보고 다녔다. 그러다 조금 파격적인 방법으로, 어떤 면에서는 파괴적인 방법으로 술을 담아 본 후 실마리를 찾았다. 영업 비밀이라 말할 순 없지만, 알고 보면 단순한데 오히려 양조를 깊게 배우지 않았기에 할 수 있는 변칙이었다. 이 방식으로 나는 드디어 내가 원하던 술의 균형을 맞출 수 있었다. 너무 새로운 시도라 제조 방법 통과에도 여러 시련이 있었지만 그 이야기는 차치하고, 어쨌든 약 반년 만에 우리 양조장의 대표 막걸리인 해일막걸리를 완성할 수 있었다.

앞서 대중의 취향을 포기하고 내 입맛에만 맞추기로 결심했으나, 사실 출시 직전까지 무서웠다.

'정말 나만 좋아하면 어쩌지! 아무도 맛있다고 하지 않으면 어

쩐담!'

그러나 후퇴는 할 수 없었고, 어쩌다 다른 막걸리를 마실 때면 그래도 내 막걸리가 가장 맛있다고 생각하며 불안을 모른 척했다.

그렇게 매장을 개업한 지 장장 19개월이 지나 드디어 해일막걸리는 정식으로 수제 막걸리를 판매하면서 어엿한 양조장이 되었다. 예상했던 대로, 출시한 막걸리는 사람마다 호불호가 갈렸다. 너무 달다며 시음을 끝내기도 전에 나가버린 분도 계셨고, 향이나 부재료의 맛이 약해 아쉽다는 분도 계셨다. 그러나 맛있다는 말도 흡족할 만큼 많이 들었다.

손님들과 대화하다 보면 이 구석진 골목 안의 양조장까지 그들을 이끈 기대가 결국 생산자의 개성에서 나오는 것임을 실감한다. 맛있는 술을 찾아서라기보단 해일막걸리가 지향하는 술이 궁금해서 찾아온 사람들. 그렇다면 다른 누구도 아닌 나를 선택한 건 잘한 일이다. 아무리 거리를 두려 해도 해일막걸리는 나의 가치관과 취향을 뚝 떼어 만든 브랜드니까, 모든 요소가 개인적일 수밖에 없다. 하물며 술맛마저도 말이다. 작은 브랜드에게는 이 비좁은 기준이 정답이려나? 양조장의 문을 여는 매일매일, 나라는 확고함이 독특한 매력으로 변하는 색다른 경험이 이어지고 있다.

단
하나는
위험하잖아!

　일반적으로 양조장은 오랜 시간을 투자해서 빚어낸 한 가지 술을 첫 제품으로 내놓곤 한다. 혹은 하나의 원주에 물을 섞는 비율을 변경해 도수 차이를 둬, 저도수 막걸리 하나와 고도수 막걸리 하나를 내는 식이다. 이 방식이 나쁘다거나 잘못된 건 아니지만, 나 같은 신생 양조장에게는 위험하다고 생각했다. 그 하나가 맛이 없으면 어떻게 해!

　'욕심을 조금 내서 위험을 분산하자. 처음부터 다수의 맛을 동시에 출시해서 그중 하나라도 팔리게 하는 거야.'

　어차피 사람들이 무엇을 좋아할지는 아무도 모른다. 일반적인 음식이라면 시식회 같은 걸 열어서 실제 반응을 쉽게 확인할 수 있겠지만, 하필 술이라서 시음을 진행하기도 까다롭다. 조건부 면허며, 시음주 승인이며, 시음 장소 신고까지 제대로 절차를 밟아야 한다. 그래서 시음 과정은 다 건너뛰고 완제품부터 출시해 버리는 게 훨씬 편하다. 그나마 쉽게 할 수 있는 걸 떠올리자면, 어떤 맛의 막걸리를 사 먹고 싶은지 사전에 물어보는 정도일 것이다. 제품 기획 당시, 워낙 혼자 멋대로 하는 게 습관이 되어서 그런지 내 생각은 설문 조사 진행까지 미치지 못했다. 대신 떠오르는 대로 재료들을 그러모아 술을 담갔다. 꿀이나 레몬 같은 무난하고 익숙한 것은 물론, 대나무나 치자, 정향, 각종 꽃 등 생소한 재료까지 모두 막걸리에 넣어봤다.

출시하려는 막걸리 제품의 구체적인 가짓수는 정해두지 않았지만, 대략 세 가지 이상이면 좋을 것 같아서 몇 가지 재료를 조합해보는 실험 작업을 꽤 많이 진행했다. 예상하던 맛과 매우 달라 당황스러운 결과물이 대부분이었으나, 운 좋게도 꿀과 레몬이 각각 주축이 되는 두 가지 맛있는 조합을 건질 수 있었다. 그리고 박하가 중심이 되는, 당장은 애매하지만 다듬으면 매력적일 후보도 추가로 하나 남겼다. 여기에 다른 부재료 없이 쌀로만 빚은 기본 순곡주를 더했더니 총 네 가지가 나왔다.

출시할 막걸리 종류를 확정한 후, 다시 처음부터 술을 빚어보면서 레시피를 다듬어갔다. 술 맛에 별다른 영향을 주지 못하던 아카시아 꽃 대신 아카시아 꿀을 넣고, 반대로 존재감이 너무 강한 로즈마리를 빼고 스피아민트를 넣었다.

맛을 정했으니 상표를 만들어야 할 차례였다. 쌀로만 빚은 순곡주인 해일막걸리를 제외하고, 부재료를 사용한 나머지 세 막걸리는 양조장이 있는 관악과 연결하고자 했다. 매장을 열고 난 후, 해일막걸리의 최종 목적지는 로컬 브랜드가 되었기 때문이다. 하지만 안타깝게도 관악구에서는 농업 같은 1차 산업이 거의 이루어지지 않아 관내에서 재배한 재료를 넣을 수는 없었다. 널리 생산되는 농산물이 하나라도 있었다면 일이 쉽게 풀렸을 텐데, 그러지 못해 대신 막걸리에 이야기를 덧붙였다.

첫 번째로 아카시아 꿀과 히비스커스가 들어간 막걸리는 해막홍실이라는 이름을 주었다. 히비스커스 덕분에 술에 분홍빛이 돌았고, 운 좋게 관악산 아래에서 채밀된 꿀을 구할 수 있게 되어서 인연을 의미하는 붉은 실을 이름으로 삼았다. 관악과 인연을 맺어 탄생하게 된 막걸리라는 뜻이다. 관악산 꿀이라는 분명한 로컬 자원을 사용하고 있으니, 그 인연의 끈은 더욱 굵고 질기지 않을까 싶었다.

다음으로 레몬과 타임을 넣어 상큼하고 경쾌한 느낌이 나는 막걸리에겐 해막청아라는 이름을 붙였다. 마침 관악구가 유독 청년 인구가 많은 도시이기도 해서, 발랄하고 푸르른 청춘의 이미지를 막걸리에 차용하기로 했다.

마지막으로 박하와 스피아민트, 타임을 침출한 막걸리는 양조장 옆 동네에 있는 천연기념물 굴참나무의 시원함을 재연했다고 하면 좋을 것 같았다. 깔끔한 허브의 향이 녹음을 연상시켰기 때문이다. 게다가 그 굴참나무는 관악구 출신의 영웅인 강감찬 장군이 손수 꽂은 지팡이에서 자라났다고 하니 설화 자체도 흥미로워 마음에 들었다. 그래서 이 막걸리는 해막굴참이 되었다.

어떤 술이 잘 팔릴지 알 수 없으니 할 수 있는 만큼 여러 가지 제품을 준비하자는 전략은 적중했다. 정식 판매를 시작하고 네 가지 막걸리를 모두 맛볼 수 있는 유료 시음을 진행했는데, 선호하고 구매하는 막걸리가 고객마다 모두 달랐다. 성별이나 연령대 같은 전통적인 기준으로는 각자의 취향을 결코 분류할 수 없었다. 시음을 진행하며 하나가 자신의 기대에 못 미쳐도, 다른 종류에는 눈을 번쩍 뜨거나 표정이 달라지는 경우를 자주 목격했다. 만약 하나의 막걸리만 가지고 있었다면 최초의 실망을 회복할 수 없었을 테니 매번 아찔했을 것이다.

부차적인 효과도 있었는데, 네 가지 술을 한 세트로 인식하고 몽땅 사 가시는 분들이 꽤 있어 매출에 도움이 되었다. 또 종류마다 설명을 이어 하다 보니 자연스레 손님과 나눌 이야깃거리가 늘었다. 내 무료한 시간을 달랠 수 있게 된 것도 좋았지만, 대화 중 구매를 결심하시는 순간을 눈치채는 것도 흥미로웠다. 무엇보다 어떻게 오게 되셨는지, 어떤 취향을 가지고 있으신지, 우리의 고객에 대해 깊게 파악할 수 있는 기회를 누리게 되었다.

제품에도 생명이 있다. 계속해서 관심을 받으려면 끊임없이 신상품을 출시해야 한다. 분야를 막론한 숙명 앞에 나는 애초에 네 가지 종류를 한 번에 내었으니 남들보다 약간의 시간을 더 번 셈이다. 한 사람이 네 가지 막걸리를 다 맛볼 만큼의 시간. 그리고 아무래도 네 종류가 번갈아 노출되면 덜 질리기도 하다. 물론 여기서 끝은 아니다. 벌어둔 시간 동안 부지런히 연구해서 계절마다 반짝 출시하는 한정판 막걸리를 낼 계획이기 때문이다. 미리 벌어둔 시간이 있기에 조급함에 쫓기지 않고, 개성 강한 포트폴리오를 탄탄하게 확장할 수 있다. 신생 양조장이 한 번에 네 가지 막걸리를 출시하다니, 이 대범한 시도는 아주 오랜만에 후회되지 않는 결정이었다.

마주치는
손님이
좋아

나만의 막걸리를 내놓은 후로 몸도 마음도 손님들과 더 가까워지는 경험을 자주 하게 됐다. 이렇게 불특정 다수를 만나는 일에 겁을 먹지 않은 것은 아니다. 스무 살 때부터 아르바이트를 시작하며 별의별 일을 다 겪은 탓에 인간 군상이 얼마나 다양한지 이미 알기에. 게다가 길거리에서 문을 열고 들어올 수 있는 매장이 생긴다는 건 말 그대로 '누구나' 들어올 수 있다는 얘기기도 하니까. 특히 혼자 매장을 지키는 일이 많다 보니 자연스레 치안이 걱정되기도 했다.

천만 다행히 지금까지 만난 손님은 대부분 좋은 사람들이었다. 아무래도 막걸리 체험 프로그램을 하러 오시는 분들은 기념일 등에 맞춰 색다른 추억을 쌓으러 오기 때문에 마음이 이미 열려 있는 경우가 많다. 게다가 사전 예약이 필요하니 공방에 방문하기 전부터 인사와 대화를 나눈 덕인 듯싶다. 개업 초반에는 예약제 공방으로만 운영해서, 정해진 소수의 손님 말고는 사람이 드나드는 일이 거의 없기도 했다. 아주 가끔 이상한 홍보를 하러 불쑥 문을 여는 몇 사람만 잘 타일러 돌려보내면 무사했다. 오히려 보통 불도 꺼져 있고 사람도 없는 탓에 동네 주민들이 우리 매장의 정체를 궁금해할 정도였다.

본격적으로 막걸리 판매를 시작한 후에도 걱정하던 큰일은 없었다. 혹시 모를 실랑이를 방지하기 위해 시음도 유료로 진행한다고 못을 박아두었기 때문일까? 술 때문에 일어나는 사고는 아직 없었다. 확실히 체험 고객보다는 막걸리를 사러 오는 손님이 예측 불가능한 면이 있지만, 지금까지는 충분히 감당할 만했다.

그러나 전혀 예상치 못했던 일이 벌어졌다. 이제는 매장에서 만나는 손님이 인간적으로 좋다고 느끼는 수준에 이르렀다! 손님이 이만큼 반갑고 좋을 수가 있나? 곰곰이 생각을 해봤는데, 매장 특성상 대화를 많이 하기 때문인 것 같다. 막걸리 빚기 체험은 1시간 넘게 진행되다 보니 손님의 행동에 대한 반응이 필수다. 억지로 꾸며낸 것은 아니지만 주로 하게 되는 반응이 응원과 칭찬이라, 분위기가 자연스럽게 매우 온화하고 유쾌해졌다. 시간이 넉넉해 중간중간 사적인 이야기도 나누게 되는데, 나이라든지 일행과의 관계라든지 민감한 사항에 대해서는 일부러 묻지 않지만, 어디서 왔는지나 술을 좋아하는지에 대해서는 종종 물어봤다. 그러다 공통점이라도 발견하게 되면 말문이 활짝 트였다. 공감이 얼마나 강력한 힘을 가지고 있던지, 수다를 떨다 보면 그새 손님과 친밀해지는 기분이 느껴졌다.

손님들도 비슷한 느낌을 받는 것 같았다. 막걸리뿐만 아니라 나에 대해서 궁금해하며 이것저것 물어보시곤 했다. 왜 창업을 하게 됐는지, 전에는 무슨 일을 했는지, 하필 막걸리를 빚게 된 이유는 무엇인지 등 질문이 쭉 이어졌다. 가기 전에 오늘 너무 재밌었고 행복한 시간을 보냈다며 인사해 주시고, 앞으로 더 잘되길 빌며 응원을 해주시는 분들이 무척 많았다. 곧 전국적으로 성공하실 거라며 술통에 내 사인을 받아 가신 분은 아직도 잊히지 않는다. 오래전에 체험을 하고 돌아가셨다가 다른 지역에서 산 막걸리를 선물하러 왔다며 다시 오신 분도 평생 까먹을 수 없다. 현장에서 적극적으로 표현하지 않으셔도, 나중에 올라온 리뷰에 칭찬을 마구마구 적어주신 분들도 계셨다. 지인들, 심지어 여행하다 마주친 외국인에게까지 우리 체험 프로그램을 적극 추천해 주신 적도 있었다.

그런 손님들이 좋고 또 감사해서, 나는 더욱 모든 열정을 매장에 쏟는다. 매장 밖에서는 맥없이 파리하게 다니고 웬만하면 누워 있지만, 매장에서 손님을 만나는 순간에는 최대한 힘을 내려 한다. 이 구석진 공방에 오기 위해 쓴 시간과 비용을 알기에 기대하신 만큼 만족스러운 경험을 드리고 싶다. 만일 그 과정에 걸림돌이 있다면, 그리고 내 노력으로도 충분히 해결 가능하다면, 방해물을 치우려 노력한다. 경계 없는 환대를 위해 휠체어 이용자용 경사로를 설치한 것도, 점자 체험 도구를 제공하는 것도 그 이유다.

막걸리를 팔면서 활발한 손님들도 자주 만났다. 맛있다는 칭찬은 기본이고, 어떻게 이곳을 알게 되고 또 찾아오게 되었는지 이야기해 주시는 분들도 많았다. 막걸리를 검색하다가 알게 되셨다는 분, 온라인에 내가 남긴 글을 읽고 오신 분, 전통주를 배우다가 동네 양조장이 궁금해 오신 분, 지나가다 매번 봤는데 이번에 들러보게 되었다는 동네 주민분, 모두 하나하나 기억한다.

이 모든 사람들 덕분에 해일막걸리가 다정해진다. 낯선 사람 사이에서도 애정이 생길 수 있음을, 그리고 그게 충분히 이해될 수 있음을 알게 된다.

막걸리와 어울리는 안주들

우리나라의 술 문화는 흔히 반주라고 이야기된다. 예로부터 우리는 주안상을 차려오지 않았던가. 술은 환각 효과를 기대하며 마시는 게 아니라 맛으로 먹어야 한다고 강력히 주장하는 입장에서, 조상님들의 선택이 매우 마음에 든다. 빈속에 알코올을 부어봤자 좋을 것도 없고 말이다. 이 현명한 문화는 대대손손 유전되어 현재까지 이어지고 있는데, 이국적 단어를 좋아하는 요즘은 페어링이나 마리아주라는 단어로 등장하곤 한다.

나도 웬만하면 안주 없이 술을 마시지 않는다. 맛깔난 막걸리를 보면 음식이 생각나고, 음식을 보면 막걸리가 떠오르니까. 그런 내가 감히 막걸리에 어울리는 곁들임을 추천해 본다.

각종 전

: 해물파전, 김치전, 동태전, 깻잎전, 새우전, 육전 등.

영원히 왕좌를 차지할, 막걸리와 결코 헤어질 수 없는 안주다. 바삭함을 위해 쏟아부은 기름의 느끼함을 막걸리가 싹 씻어준다. 진득하고 달달한 막걸리보다는 가볍고 탄산감이 있는 막걸리를 추천한다.

매운 양념 요리

: 떡볶이, 돼지 김치찌개, 매운 갈비찜, 두루치기, 낙지볶음 등.

매운맛 뒤에는 단맛이 따라와야 인지상정. 개인적 취향으로는 해물탕이나 매운탕 같은 칼칼한 국물보다는 좀 꾸덕한 양념 요리가 막걸리와 더 잘 어울리는 듯하다. 함께할 막걸리는 당연히 단 것이 좋고 탄산이 있어도 좋다.

육향이 진한 요리

: 순대, 수육, 바비큐, 곱창구이 등.

육류 특유의 누린내와 잡내를 깔끔한 막걸리가 싹 잡아준다. 이때는 8도 이상의 고도수 막걸리를 권장하고 싶다. 알코올의 쌉쌀함이 입안을 개운하게 씻어주기 때문이다. (마치 해막굴참처럼) 허브가 첨가된 막걸리도 육식과 먹기 좋다. 혹은 아예 드라이한 막걸리도 추천한다. 막걸리는 원래 단 술 아니냐고 생각했다면, 이 세상에 얼마나 드라이한 막걸리가 많은지 알려주고 싶다. 드라이한 막걸리로 씻겨진 입안이 허전하다고 느껴질 때, 고기가 가진 풍미로 입맛을 다시 채우는 재미를 느껴보자.

파스타와 샐러드

막걸리는 의외로 파스타와 잘 어울린다. 오일 파스타와 크림 파스타 모두. 특히 유자나 레몬처럼 시트러스 계열의 과일이 들어간 막걸리가 제격이다. 시트러스 향미가 막걸리 특유의 산미와 어우러져 궁합이 좋다. 비슷한 느낌으로, 과일을 올리거나 치즈를 뿌린 샐러드와도 잘 맞는 짝꿍이다. 한식으로 치환하자면 아무래도 비빔국수나 냉면, 산채 비빔밥과 도토리묵 무침이겠지.

빵과 타코야키

빵을 꼭 우유나 차와 먹으라는 법은 없으니까 하는 말인데, 막걸리를 곁들여 보는 것은 어떠한지. 특히 스콘 같은 종류와 과일이 들어간 막걸리는 꽤 괜찮은 조합이다. 비슷한 유라고 할 순 없겠지만, 나는 타코야끼도 막걸리 안주로 자주 먹었다.

인도 요리

: 카레, 탄두리 치킨 등.

카레를 난에 찍어 먹든, 밥에 비벼 먹든 이국적인 향신료가 생각보다 막걸리와 어울린다. 매콤한 카레도 괜찮고, 크림이 들어간 부드러운 카레도 괜찮다. 탄두리 치킨과 막걸리를 함께해도 나쁘지 않다. 생각해 보면 요거트로 만드는 인도 전통 음료인 라씨도 막걸리의 친척뻘쯤 되니, 영 생소한 조합은 아니다.

멕시코 요리

: 타코, 퀘사디아, 파히타 등.

맛이 없을 수 없는 조합이다. 먹어본 바, 멕시코 음식에 흔히 쓰이는 양념된 소고기, 돼지고기, 닭고기, 새우 모두 막걸리와 같이 먹기 좋았다. 매콤한 치폴레 소스 덕분인지도 모르겠다. 밥이 든든하게 들어간 부리또보다는 가벼운 토르티야가 술과 함께 더 술술 들어간다. 암암리에 즐기던 조합이었는데 어느새 유명해져서 이제는 막걸리와 타코를 같이 먹는 행사가 종종 보인다.

다만 정답이 없는 세상이다. 영원한 공식이 존재하지 않는 세계에서 막걸리 안주라고 절대성이 있을까. 좋아하는 음식에 막걸리를 곁들여 보며 여러 가지 시도를 즐겨보길 바란다!

막걸리와
그 뒷이야기

인고 끝에 처음 진열용 냉장고를 내 막걸리로 가득 채웠던 새벽이 아직도 선명하다. 위아래로 놓인 냉장고 다섯 개 층에 빈틈없이 꽉꽉 들어간 병을 보며 벅차오르기도 하고, 뿌듯하기도 했다. 직전까지의 고생이 눈 녹듯 사라지는 것 같았다. 막걸리 양조장을 일구겠다고 설친 지 약 2년 반쯤 지났던가. 내가 정말 해냈구나 싶었다.

감격은 감격이고, 사실 첫 생산과 출시는 아수라장이 따로 없었다. 네 가지 막걸리의 신규 제조 방법을 승인받는 것부터 엄청난 인내심이 필요했다. 레시피 개발은 다 해놓고 승인 기준을 맞추지 못하거나 제출할 서류의 일부 항목에 공백이나 오타가 있는 걸 발견하지 못해서 반려된 적만 네댓 번이다. 서류 제출 후에 검

토 결과를 받으려면 약 2주가 소요되는데, 오래 기다려 승인을 받은 후에는 주질 감정을 위해 제조 방법을 재현한 술을 보내야 한다. 이것도 결과를 알기까지 약 2주가 걸린다. 게다가 배송 과정 중에 막걸리가 후발효되어 알코올 도수가 올라가는 것을 계산하지 못하면 다시 반려다. 다시 말해, 내가 총 몇 달을 허망하게 날렸다는 이야기다. 똑같은 담당자에게 계속 비슷한 문의를 넣는 일도 민망하기 그지없었다. 안 그래도 새로운 레시피를 구상하고 테스트를 하느라 긴 시간을 흘려보냈는데 또 속절없이 기다려야 하는 처지가 되자 마음이 무척 괴로웠다. 조바심이 나고, 답답하고,

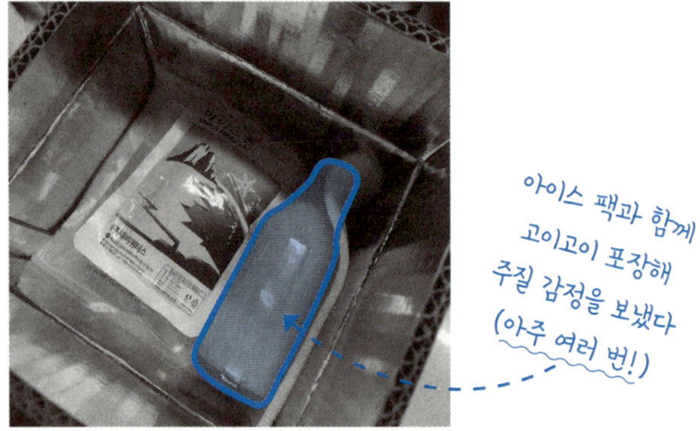

슬프고! 그렇다고 내가 뭘 더 할 수 있는 것도 아닌지라 이 무력감
은 내가 알아서 잘 갈무리해야 했다.

우여곡절 끝에 첫 생산에 들어갔을 때도 아찔한 순간이 이어졌
다. 아무래도 첫 출시다 보니 호응이 몰릴 거라 생각하고 생산량
을 약 1.5배 정도 늘렸다. 늦은 오후부터 새벽까지 양조장에 틀어
박혀 술과 씨름하는 나날이 이어졌다. 수십 킬로그램의 덧술을 할
때는 온종일 쌀을 찌는 열기에 온몸이 땀 범벅이었다. 무거운 고
두밥을 퍼 나르는 고비를 겨우 마쳤다 했더니 이튿날인가, 몇 개
의 술독이 끓어 넘쳤다. 막걸리는 발효 중 생기는 이산화탄소 때
문에 술덧의 부피가 증가하는데, 이 계산을 잘못해 술통에 여유
공간을 충분히 두지 못한 거다. 차례로 술독을 젓다가 수상한 소
리가 나기에 고개를 돌렸더니, 다른 통에서 술덧이 실시간으로 넘

쳐흐르고 있을 때의 당혹감이란. 이 막걸리가 미쳤나 하는 소리가 절로 나온다. 닦는 것도 일이요, 버려진 술이 아까운 것은 덤이다.

어찌저찌 발효를 끝내고 유리병에 막걸리를 담는 병입 과정을 준비했다. 병입을 하기 전에는 알코올 도수를 확인해야 한다. 주세법상 술은 꼭 지정한 알코올 도수 범위 내에서 판매되어야 하고, 특히 생막걸리는 보관 중 발효가 추가로 일어나기 때문에 더 주의해야 한다. 그런데 알코올 도수를 재려다가 그만 하나밖에 없던 주정계가 냅다 부러지고 말았다.

'알코올 도수를 잴 수 있는 유일한 수단인데……! 늘 조심해서 다뤘는데, 왜 하필 지금……? 이러면 난 병입을 못 하는데!'

하던 일을 모두 중단하고 주정계를 새로 주문했다. 그리고 강렬한 노동의 여파인지 마음고생의 여파인지 바로 앓아누웠다. 며칠 후 새 주정계를 받고 나서야 다시 양조장에 들어갈 수 있었는데, 병입 직전 마지막으로 품질을 평가하는 관능검사 단계에서 또 문제가 터졌다. 분명 테스트 때와 똑같은 레시피로 만들었는데 맛이 너무 달랐다. 시련이 정말 끊이질 않았다.

이 술을 팔아도 될는지 걱정도 되고, 인생 모르겠으니 그냥 눈 감고 잠이나 자고 싶기도 했다. 어디 원망할 곳도 없다. 그래도 이 많은 양의 술을 다 버리지도 못 하겠고, 아주 맛이 없는 것도 아니니 모른 척 병입까지 마쳤다. 요령이 없어 모든 술덧을 한 번에 채주 하느라 고통을 받았고, 약 300병 분량의 술을 병입 하는 것도 처음이라 병에서 넘치고 바닥에 죄다 흘리고 난리를 쳤더랬다.

병입을 마쳤다고 끝은 아니었다. 막걸리들은 냉장고에 무사히 들어가 전시되었으나, 며칠 뒤 막걸리 병 안에 거품이 스멀스멀 올라오기 시작했다. 투명한 유리병에 담겨 있다 보니 더욱 잘 보였다. 다행히 거품의 정체를 의심하는 손님이 없어서 별말이 나오지 않고 넘어갔지만, 시간이 지날수록 더 높이 올라오는 거품 때문에 심란했다. 품질상의 이상은 아니라 마시기에 문제가 되는 건 아니지만, 보기에 예쁘지 않아 신경 쓰였다. 몇 주 후에야 같이 막걸리 공부를 했던 동기들과 이야기를 나누며 발효가 덜 되어 생기는 부산물이 아니겠느냐는 추측을 했다. 이를 반영해 술덧의 주발효 시간을 늘린 다음번 시도에서야 거품 문제가 해결되었다.

병입 하고 약 2주차까지는 여전히 맛이 덜했다. 예상대로 첫 출시라는 점 때문에 막걸리를 사러 오는 손님이 꽤 있었는데, 자신 있게 추천하는 대신 첫 생산이라 맛이 다르다거나 안정화가 덜 됐다는 변명을 자꾸 붙이게 됐다. 손님들에게 지금도 맛있다는 말을 듣긴 했지만 뭐랄까, 양심의 문제랄까……?

막걸리는 원래 병입한 상품이라고 해도 병 안에서 발효가 계속

되기 때문에 제작일로부터 얼마만큼 시간이 지나느냐에 따라 맛이 변하는데, 다행히 신묘하게도 3주차 때부터는 숙성 시기가 잘 맞았는지 갑자기 맛이 확 좋아졌다. 해막청아는 중심에 레몬 향미가 단단하게 자리 잡고, 그를 따라 타임 향이 싹 감싸는 조화가 맞춰졌다. 해막굴참도 갑자기 따로 놀던 허브 향들이 너무도 훌륭하게 어우러졌고, 단맛도 적절하게 올라와 원하던 대로 시원하고 깔끔한 여운이 돌았다. 이때부터 다시 자신감을 회복했다.

한 차례 술을 빚는 공정의 생산 단위를 배치라고 하는데, 첫 배치로 준비한 막걸리는 다행히 빠르게 소진되었다. 개중에는 내가 지인들에게 선물한 수량도 꽤 되었지만, 나름 준수한 판매량이라고 자평할 수 있었다. 막걸리 재고가 반절쯤으로 줄어들었을 때 나는 다시 양조장에 들어가 다음 배치 생산을 준비했다. 그렇게 이 일이 몇 번 반복되고, 출시 1년도 되지 않아 벌써 5배치를 훌쩍 넘겼다. 글을 쓰는 지금도 양조장에선 새로운 배치가 얌전히 채주를 기다리고 있다. 다음 주쯤이면 또 새로운 막걸리가 나온다. 첫 배치를 내놓은 게 엊그제 같은데 말이다. 머릿속에서 다음 주의 생산 일정과 노동량이 매끄럽게 상상된다. 아마 지금 느끼는 이 안정감과 익숙함은, 모두 이때의 좌충우돌 첫 막걸리 생산 경험 덕분이리라.

몸과 마음이 튼튼한
양조사만
살아남겠다

바라던 막걸리 양조의 시작. 불찰이 하나 있다면 양조에도 튼튼한 몸과 마음이 필요하다는 사실을 간과했다는 거다. 막걸리를 빚으며 잔잔하게 살아야지 상상하던 시절에는 왜인지 떠오르지 않았던 진실. 양조는 나약한 심신을 허락하지 않는다!

양조가 엄연한 육체노동이라는 걸 왜 진지하게 생각해 보지 않았을까? 다른 양조장에 견학을 가거나 인턴십을 했을 때 각종 대형 설비를 보고 직접 다루기도 했지만, 나와는 크게 상관없을 것 같은 거리감이 있었다. 내 키를 훌쩍 뛰어넘는 발효통을 하염없이 젓느라 팔이 아리고, 그 통을 세척하겠답시고 안으로 쑥 기어들어 가 수세미질을 할 때도, 이때만 겪는 특별한 경험이겠거니 생각했다. 나는 이 정도로 거대한 규모의 양조를 하진 않을 거니까.

어느 정도 맞긴 했다. 계획한 대로 완성된 내 양조장은 아주 아담한 규모였다. 하지만 이 아담한 양조장을 굴리는 것조차 내 능력을 상회하는 힘이 필요했을 뿐이다.

나는 몸집도 작고 근력도 약해서 일부러 만만한 크기의 38리터짜리 스테인리스 통으로 양조장을 채웠다. 이 정도 무게면 가눌만하다고 생각했는데, 오판이었다. 정식 생산에 들어가면서 술을 통에 가득 채우니 한 통이 30킬로그램 정도 나갔다. 나는 20킬로그램짜리 쌀 포대를 들고 몇 걸음을 떼지 못해 일부러 10킬로그램씩 포장된 쌀을 주문하는 사람인데!

특히나 냉장 숙성을 위해 술통을 냉장고에 넣어야 할 때면 매번 위기를 맞았다. 통 세 개를 나란히 쌓아 올려야 하는데, 이렇게 될 줄 모르고 하필 투도어 냉장고를 주문한 거다. 냉장고 가운데 있는 턱을 넘으려면 온전히 내 힘으로만 그 무거운 통을 번쩍 들어 버텨야 한다. 불과 몇 초라고 해도 만만치가 않다. 이거 방심하면 바로 허리디스크가 터지리라는 느낌이 싹 온다. 온몸에 힘을 주고 통을 안아 드는 것이 최선인데, 그러고 나면 손잡이를 걸쳤던 팔에 꼭 노란 멍이 든다. 이리저리 통을 옮기며 소리 없이 희생된 모세혈관이 몇 개인지…….

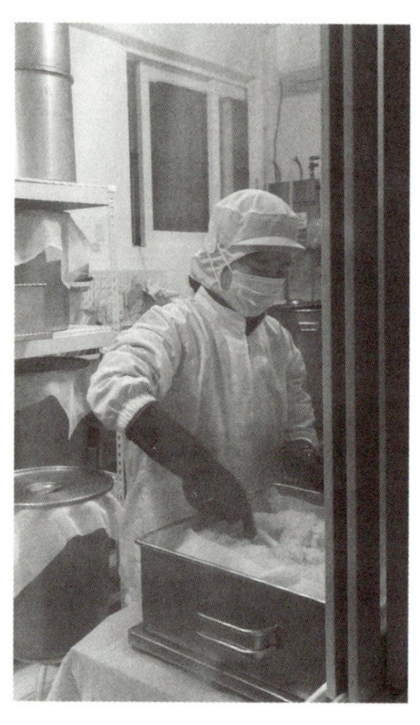

근육만 문제가 아니다. 양조에 쏟는 긴 시간을 버틸 체력도 필요하다. 물론 교반이라고 해서 술통을 저어주기만 해도 되는 시기에는 10분 정도 아주 잠깐만 고생하면 되지만, 고두밥을 찌거나 채주를 할 때는 시간이 온종일 걸린다. 다른 양조장에 비해 월 생산량이 매우 적음에도 불구하고, 신규 배치를 담글 때마다 40킬로그램 내외의 쌀을 맑은 물이 떠오를 때까지 손수 씻어야 한다. 잘 씻겼다 싶을 때까지 계속 쌀을 헹궈야 하는데, 이것만 대충 1시간이 넘게 걸린다.

씻은 쌀을 물에 불리고, 다시 물기를 빼고, 고두밥을 찌고, 채반에 펼쳐 식히는 것까지 합하면 하루가 모자라다. 채주 역시 전 과정이 내 손으로만 이루어지기 때문에 낮에 시작된 작업이 새벽까지 이어지기 일쑤다. 따로 기계가 없어 체중을 실어 거름망을 누르는 식으로 진행되다 보니 말 그대로 온 힘을 다해야 한다.

냉장고의 공간이 크지 않은 탓에, 짜낸 원주에 물을 붓는 제성 작업을 하는 날엔 손질한 부재료를 넣어 숙성도 시작해야 하고, 부재료가 들어가지 않는 기본 해일막걸리는 당일에 바로 병입까지 마쳐야 한다. 설거지와 청소도 틈이 날 때마다 해두지 않으면 가뜩이나 좁은 양조장이 난리가 난다. 그 와중에 알코올 도수 측정이나 라벨 붙이기처럼 자잘한 업무까지 다 하려다 보면 중간쯤부터는 어느새 오기로 버티고 있다.

새벽녘 양조장을 나와 위생복을 벗으면 안 그래도 없는 기력이 바닥까지 쇠해져 몰골이 말이 아니다. 내내 서 있다 보니 다리가 후들거리고 양쪽 손목도 저려서 휴대폰을 드는 데도 통증이 있다. 뻐근해진 신체를 이리저리 풀고 나면 아무도 몰라주는 고생을 왜 하고 있나 싶다.

물론 이제는 나름 요령이 생겨서, 모든 일을 하루에 다 하지는 않는다. 머리가 나쁘면 몸이 고생한다는 옛말은 틀림없었다. 뭐, 몸이 좋으면 머리가 나빠도 괜찮겠지만 나는 둘 다 상태가 안 좋기 때문에 최대한 일을 쪼개 며칠에 걸쳐 나누어 둔다. 이러면 생산 일정에도 큰 지장이 없고 하루에 소화해야 하는 일도 적어진다. 한 번에 병입 하는 양도 많이 줄여서 노동이 꽤 할 만해졌다. 역시 뱁새라면 뱁새만큼의 일을 해야 하는 법이다. 황새 따라 무리하다가 병이라도 생기면 그게 더 큰 손해니까.

한편 양조사로서의 마음도 단단히 먹어야 한다. 약 45일에 한 번씩 반복되는 고된 생산 일정에 질리지 않아야 하고, 발효 중인 술덧이 예상 수치에서 벗어나도 너그러이 지켜볼 줄 아는 여유도 필요하다. 위생적으로 관리한다고 해도 어떻게 들어온 건지 꼭 한 번씩 맞닥뜨리고야 마는 외부 곤충이나 쌀벌레를 볼 때도 침착함을 유지해야 한다. 어차피 여기서 비명을 지르고 발을 동동 굴러 봤자 수습할 사람은 나 하나밖에 없다. 술통을 엎거나 병을 깨뜨릴 때도 마찬가지. 한숨 한 번 쉬고 다시 힘을 내는 게 최선이다. 이미 수도 필터를 간답시고 온 바닥을 물로 흥건히 적셔도 보고, 술이 넘쳐 발효대 선반에 막걸리가 줄줄 흐르기도 하고, 병입 직전에 주정계도 깨뜨려보지 않았던가.

양조장 밖을 나와서도 역시나. 노력해 만들어 둔 술이 손님을 만족시키지 못할 때도, 맛이 별로라는 평을 들어도, 왜인지 이번에는 술이 팔리지 않아 재고가 산더미같이 쌓여 있을 때도 태연해야 한다. 조금 슬프지만 별수 있나. 내 술이 아예 망한 게 아니라 그저 사람마다 취향이 다른 거니까! 스스로를 잘 다독이는 일은 이어진다.

아, 몸도 마음도 힘센 양조사만이 험한 세상에서 끝까지 살아남겠구나. 이 모든 사건 사고를 겪으며 깨달았다. 그래도 나처럼 허약한 양조사가 바로 죽으란 법은 없지. 생산량과 일정을 조절해 한시름 놓은 것처럼 하나씩 극복해 나가면 된다. 애초부터 큰 키와 단련된 신체를 가지고 있다면 유리할 테지만, 그렇지 않다면 도구를 쓰면 되지 않을까? 지금은 좀 참고, 나중에 돈을 더 벌어서 유압 프레스든 반자동 기계든 마련하는 거다. 어쩌면 모르는 사이 노동 덕분에 근력이 늘어날 수도 있다. 정신 건강도 마찬가지다. 어떤 말썽이 일어나도 허허 웃으며 넘길 수 있는 넉넉한 마음씨를 갖추면 좋겠지만, 힘들다면 시원하게 욕이라도 해야지. 세상에 별일이 참 다채롭구나 여기면서 차근차근 수습하다 보면 괜찮아지긴 하더라. 그렇게 하루, 한 달, 한 해를 살아가다 보면 어느새 나도 강인한 양조사가 되어있겠지!

빙글빙글 돌아가는 양조사의 1년

1년 365일 모두 바쁘게 일하는 것은 아니지만, 꼭 잊지 않고 챙겨야 할 과업이 주기적으로 돌아오는 막걸리 양조사의 삶! 간단하게 요약하여 소개해 본다.

항상 위생적인 환경을 위해 제조장 청소하기. 원료의 입출고량을 기록한 원료수불부와 생산 일지, 주류 출납 기록 작성하기. 원재료와 유리병 등 재고가 떨어지지 않도록 틈틈이 주문하고 정리하기.

1월 25일까지 전년도 4분기 주세를 신고하고 납부해야 한다. (주세 신고 및 납부는 매 분기마다 해야 한다.) 다행히 탁주는 세율이 매우 낮은 편이다. 게다가 나 같은 소규모 양조장은 반출량도 많이 경감해 줘서 부담은 크게 없다. 미리 작성해 둔 주류 출납 기록을 참고하여 간단한 산수만 하면 완료!

2월 우리 양조장은 식품 제조업 등록이 되어 있으므로 2월 말일까지 전년도의 생산실적보고를 해야 한다.

3월 제품 하나당 반년에 한 번씩 자가품질검사를 시행해야 한다. 3월에 생산해 자가품질검사를 마쳤다면, 9월에 한 번 더 자가품질검사를 받아야 하는 식이다. 탁주는 메탄올 함유만 검사해도 충분하다. 앗, 생산물책임보험*갱신일도 다가온다. 보험은 필수는 아니지만, 만일을 위해 들어두면 좋다. 또 하나, 국세청에서 주도하는 주류 품질 정기 검사도 실시되는데, 담당 세무관에게 매출 상위 세 가지 품목의 술을 제출해야 한다.

*생산물책임보험: 제조한 생산물로 인한 사건 사고가 발생했을 때 피해를 보상하기 위해 가입해 두는 보험. 치료비 등 금전적 지원이 가능하다.

4월 올해 1분기 주세 신고 및 납부의 달이다. 또한 완연한 봄이 오는 시기라 제조장의 온풍기 가동을 종료해도 괜찮다. 날이 따뜻해졌다고 외부에서 해충이 들어올 수 있으니, 제조장까지 오지 못하도록 1층 매장 문 앞에 살충제를 뿌려두자. 특히 초파리와의 전쟁이 시작되니 유의할 것!

5월 정확한 시기는 정해진 게 아니지만, 1년 중 한 번은 구청 위생과나 식품의약품안전처에서 위생 점검을 나온다. 그동안 작성한 서류와 제조장을 공개하면 끝이다. 요청 시 품질 검사 샘플용으로 제품도 몇 개 제출해야 한다.

6월 슬슬 제조장에 냉방기를 켜야 한다. 습도도 많이 오르기 때문에 환기도 자주 해주고, 제습기의 물통도 더 자주 비워줘야 하는 시기다.

7월 주세 신고 및 납부의 달이 돌아왔다. 이번에는 올해 2분기의 반출량을 보고한다.

8월 폭염이 찾아오니 술의 상태를 더 자주 들여다봐야 한다. 발효 속도가 빠르고 산미가 과해질 수 있기 때문이다. 그리고 8월 말까지 주류 위생등급제 자율 평가를 실시하고 관내 식약청에 보고하는 것도 잊지 말아야 한다.

9월 매년 갱신해야 하는 건강진단결과서(보건증) 검사 및 발급을 위해 보건소에 간다. 지난 3월에 자가품질검사를 했던 제품을 다시 검사를 맡겨야 하는 것도 잊으면 안 된다.

10월 올해 마지막 주세 신고 및 납부의 달. 올해 3분기 반출량을 보고하고, 4분기의 반출량 신고는 다시 내년 1월로 넘어간다. 기온이 선선해지면 드디어 냉방기를 꺼도 괜찮다.

11월 날씨에 따라 슬슬 제조장에 온풍기를 틀기 시작한다.

12월 올해가 지나기 전까지 일반음식점과 식품제조업 위생 교육을 수료

해야 한다. 기존 교육 이수자이기 때문에 온라인 강의로 수강해도 괜찮다.

다시 1월이 찾아오면, 이 모든 일을 반복한다.

모쪼록
목숨부터
잘 챙겨야지

농담이 아니라 진짜로, 혼자 일하는 자영업자라면 무엇보다 안전에 신경을 써야 한다는 걸 실감하고 있다. 워낙 걱정이 많은 편이긴 하지만 실제로 흉흉한 요즘이니까. 언제라도 뉴스에 나오는 사고의 대상이 될 수 있다. 그러니 할 수 있는 만큼 대비를 해두어야 한다. 언제 얼마큼 닥칠지 모르는 피해를 감수하는 것보다 예방하는 수고가 훨씬 나은 법이다. 무엇보다, 사업을 하며 꿈꿨던 행복한 미래도 일단 살아 있어야 볼 수 있으니까.

먼저 산업 재해에 대비해 뒀다. 가장 흔한 유형은 아마 화재인 것 같아서, 매장 세면대 옆에 아주 잘 보이는 새빨간 소화기를 두었다. 우리 매장은 1층이라 스프링클러 등 진화 시설을 설치할 의무가 없지만, 혹시 모를 일이니 바로 옆 주방이나 냉장고에서 불이 나면 언제든지 쓸 수 있도록 가까이 놓아뒀다. 찜기 몇 개를 태워먹긴 했어도 다행히 아직까지 불이 난 적은 없다. 그래도 한 번은 간이 증류기를 날려 먹을 뻔했다. 깜빡 잊고 증류 중 냉각수를 틀지 않았더니, 증류기 내부에 증기가 쌓이다 못해 두꺼운 철판을 팽창시켜버린 거다! 하마터면 우리 양조장에서 제일 비싼 설비가 고철이 되어 날아갈 뻔했으므로, 나는 이후에 시선이 닿는 모든 곳에 냉각수를 틀라는 경고 문구를 덕지덕지 붙여놓았다.

범죄 예방도 필수다. 요즘은 사각지대 없이 CCTV를 설치하는 게 기본이다. 통신사나 보안 업체와 연계된 비싼 상품도 있지만, 홈캠 용도로 나온 제품도 꽤 괜찮다. 모바일 앱을 통해 실시간으로 매장을 지켜볼 수도 있고 화질도 봐줄 만하다. 지자체 사업으로 보급되는 안전 용품도 구비했다. 원터치 신고 스위치를 누르면 외부에 설치된 경광등이 시끄럽게 울리고, 자동으로 인근 경찰서에 신고가 되는 시스템이다.

새벽 일찍이나 밤늦게 일할 때는 아예 출입문을 잠그고 있다. 세상에는 이상한 사람들이 무척 많아서, 닫힌 매장 문을 굳이 흔들며 시비를 거는 이들이 있다고 한다. 종일 유동 인구가 많은 번화가가 아니라 취객이나 부랑자가 난입하는 일을 겪은 적은 거의 없었지만, 세상이 얼마나 험한지는 아는 사장님의 말을 빌린다.

"저희 매장 카운터에는 몽둥이가 있어요."

나도 이 말을 듣고 무기를 하나 챙겨뒀다. 쓸 일은 없었으면 좋겠지만 혹시 모르니까.

물리적인 안전뿐만 아니라 정신적인 위협에도 대비하기 위해서는 통화 녹음이 요긴하다. 헷갈리는 통화 내용을 상대에게 또 묻지 않고 복기할 때도 좋지만, 시시비비를 가릴 때도 유용하며, 무엇보다 증거가 된다. 당황스러운 폭언이나 성희롱을 겪게 되면 자동으로 설정해 둔 녹음 기능이 든든한 힘이 될 것이라고 생각했는데, 진짜였다! 나도 부들부들 떨며 모아둔 녹음 파일 덕분에 외부에 도움을 청할 때 용기를 얻었다. 이 외에도 결정 사항은 뭐든 문서로 남긴다. 종이 서류, 이메일, 문자, 메신저 등. 인생에 억울함은 없을수록 좋을 테니.

보험도 들었다. 종류가 많아서 혼란스럽긴 했는데, 우선 생산물책임보험부터 가입했다. 예상보다 보험료가 저렴했고, 보험료 지원 혜택도 받을 수 있었다. 보험금을 청구할 일이 안 생기는 게 가장 좋지만 아무래도 가입을 하고 났더니 마음이 조금 놓였다. 현장에서 구두 안내도 성실히 하고 있다. 사람들은 안내문을 그리 잘 읽지 않는다. 막걸리 빚기 체험 중 갓 지은 뜨거운 고두밥을 들고 올 때도 두세 번 주의를 주고, 막걸리를 판매할 때도 눕히면 샐 수 있다거나, 작은 허브 가루를 이물질로 오인하지 말라는 등 몇 마디를 더 건넨다.

동네 사람들과 살갑게 지내는 것도 도움이 된다고 생각한다. 주변 상점이나 주택에 계시는 분들과 안면을 트면 정말로 호의가 찾아오곤 했다. 화분을 선물해 주거나 택배를 맡아주는 친절 같은 것들. 아마 나중에 매장에서 싸움이 나거나 사고가 났을 때는 내 편도 들어주시지 않을까? 근처에서 우리 매장을 아껴주는 사람은 많으면 많을수록 좋을 것이다.

진심을 다해 가꿔온 내 사업과 매장을 꼭 잘 지켜서, 무탈히 생존하리.

자꾸만
욕심이
나네

양조장을 운영하며 문득문득 스스로도 놀라 웃게 되는 점이 있다. 자꾸 더 배우고 싶은 욕심이 생긴다는 거다. 어린 시절에는 학교만 졸업하면 다신 공부를 하지 않으리라 다짐했었는데, 불과 몇 년 전까지만 하더라도 그냥 세상 모든 일을 알고 싶지 않았는데, 이제는 막걸리를 더 잘 이해하고 싶다. 호기심이 끝없이 일어나고, 언제나 이유가 궁금해지고, 지금보다 더 나은 기술을 가지고 싶다. 어쩌다 내가 이렇게 변했을까?

외부 강의를 다니기 때문인지도 모르겠다. 누군가를 가르치려면 풍부한 지식을 가지고 있어야 하니까. 예상에 없던 질문에도 유려하게 대처해야 면이 서기도 하고, 앳된 외모와 나이로 무시당하지 않으려면 전문 용어를 늘어놓는 것이 효과가 좋기 때문이기도 하다. 그런데 더 면밀하게 따져 보자면, 학습에 대한 욕망이 훨씬 강해진 건 아무래도 내 이름을 건 막걸리를 팔기 시작했을 때부터인 것 같다.

나름대로 환경이며 제조 방법이며 일정하게 유지하려 노력하지만 매번 변하는 게 막걸리 맛인지라, 예상 수치와 향미를 벗어날 때마다 배움을 갈구하게 된다. 내가 적절한 조치를 알고 있다면 원하는 균형을 더 쉽게 잡을 수 있을 텐데 하는 후회를 느낀다. 세 걸음이면 끝과 끝을 오가는 작은 양조장에 홀로 서서 머리를 굴리는 게 거진 습관이 됐다. 저번 술덧은 진한 베이지 색이었는데, 왜 이번 술덧은 색이 희게 나왔을까? 발효조에서 나는 술덧의 진한 배 향이 왜 병입만 하면 희미하게 느껴지는 걸까? 실험 배치에서는 분명 당도가 30브릭스 이상 나왔는데, 왜 이제는 24브릭스를 넘기질 못하는 거지? 물음이 꼬리에 꼬리를 물고 이어진다.

나의 양조는 언제나 복원하려는 시도다. 머릿속에 저장해 뒀던 새콤달콤한 균형을 다시 찾으려는 노력. 너무 달다 싶으면 발효 기간을 늘리거나 정제수를 붓는 가수를 더 하면 되지만 새콤함이 문제다. 보통 더운 날에는 산미가 높은 술이 나온다고 알려져 있기에, 여름에 신맛이 강해지면 기온 때문이려니 싶다. 그런데 한겨울에도 술의 산미가 강하게 느껴질 때면 심란해진다. 낮은 온도 때문에 알코올이 젖산 생성을 방해할 만큼 충분히 올라오지 못한 것일까? 혹은 미리 사둔 효모가 운동성이 떨어져서 알코올을 빠르게 못 만들고 있나? 옆의 발효통에서 미생물이 옮겨 온 걸까? 지금으로서는 가설만 세울 수 있을 뿐, 검증할 방법이 떠오르지 않는다. 아는 게 부족하기 때문이다. 그럼 다시 학교로 돌아가고 싶어진다.

당장 쉬는 날 없이 일하는 와중에 외부에 나가기는 쉽지 않다. 대신 틈이 나면 전에 읽었던 책과 교본을 다시 들추어 본다. 그럼 배울 당시에는 이해되지 않던 부분이 갑자기 쉽게 소화되어 읽힌다. 이게 아는 만큼 보인다는 것인지. 책을 통해 내가 잘못 알고 있었던 부분을 교정하고, 더 궁금한 부분은 인터넷으로 검색한다. 아직도 아스퍼질러스 오리제니 바실러스니 하는 균류 이름은 외우기 벅차다. 수식도 마찬가지다. 학생 때 가장 먼저 손을 뗐던 과목이 수학이었다. 그다음이 과학. 어쩌다 이런 진로를 갖게 되어서 고생인지 원. 과거를 바꿀 순 없으니 이제라도 기초를 쌓아야지. 올해 세워둔 계획 중 하나가 중학교 과정의 생물과 화학 강의를 듣는 것이다. 무난하게 교육 방송 강의부터 시작하려 한다. 다른 계획은 전북특별자치도에서 열리는 우리술 전문가 교육을 수강하는 것. 제발 게으름은 그만 피우고 성실한 학생으로 한 해를 마무리했으면 좋겠다.

　긴 정규 교육 과정 대신 하루짜리 특강이라면 시간을 뺄 수 있다. 흥미로운 비즈니스 설명회나 전시회가 개최되면 매장 운영 시간을 조절해 참석하고 있다. 주로 제조 영역을 다루는 행사에 가고, 가끔은 전통주나 주류 팝업 스토어에 들른다. 영감을 얻는다기보다는 견문을 넓히려는 목적이다. 얼마 전에는 막걸리 술빵 만드는 법을 배우고 왔다. 손님들과 이야기를 나누다 보면 막걸리 식초나 술빵 등 막걸리를 활용한 음식 이야기가 자주 나와서 흥미가 생겼다. 온라인에서 쉽게 찾을 수 있는 레시피를 혼자 따라 해 본 적도 있었는데, 별로 맛이 없어서 제대로 배울 수 있는 기회를 벼르고 있었다. 보통 3~4시간의 발효 시간을 요하는 조리법과 다르게 시판 핫케이크 가루를 활용하는 레시피를 배우고 왔는데, 아주 맛있고 또 유용했다! 이런 게 배우는 재미인가?

　그러고 보면 맥주만 10년 넘게 만드셨던 용인 양조장의 부대표님도 왜 계속해서 양조 교육을 듣고 계신지, 전통주 강의에 왜 그렇게 현업 종사자들이 많았던 건지 드디어 이해가 된다. 술을 빚다가 안주로 곁들일 한식을 배우고, 적절한 술잔을 만들기 위해 도예를 배우는 사람들이 생기는 이유도. 배움에 대한 갈증은 나만 느끼는 게 아니었던 거다!

전통주 업계의 오래된 유행어 중 하나가 과학 양조라는 말이다. 유행이 된 이유를 충분히 알겠다. 양조사의 자부심은 준수한 품질의 술에서 나오니까. 메커니즘을 완벽히 이해해서 더 좋은 술을 빚고 싶은 마음이 자라는 건 당연하니까. 지금의 나는 딱히 과학적으로 술을 빚고 있지는 않지만……, 이 열정을 잘 관리하면 언젠가는 대체할 수 없는 나만의 자산을 쌓아 올릴 수도 있지 않을까? 건강한 욕심을 느끼는 나날이 기껍다.

지속 가능한
제조를
위하여

세상은 사람들끼리만 부대끼며 살아가지 않는다. 자연이라는 절대적인 전제가 존재하니, 해일막걸리는 자연환경의 지속 가능성을 신경 쓸 수밖에 없다. 자연이 주는 쌀과 물이라는 재료로 만들어지는 게 막걸리이기도 하니까. 사실 포용하고자 하는 지속 가능성의 범위는 꽤 넓지만, 특히 제조 활동에서 친환경에 집중하고 있다.

특별한 계기나 사명은 없었다. 사회를 계몽해야 한다는 의식까지도 아니었고, 그저 마음이 가는 대로 해일막걸리를 시작했듯이, 이 길 역시 내가 좋아하는 가치를 따른 것이다. 많은 이들이 그렇듯 나 또한 멸종해 가는 것들에 마음이 쓰였고, 오염과 파괴의 현장을 보며 아파하고 공감했을 뿐이다. 내가 조금 부족해도 참을 수 있고, 넉넉하진 않아도 충분하게 살아갈 수 있기 때문에, 아까운 부분이 서서히 늘었고 낭비가 눈에 밟혔다. '이거 아직 멀쩡한데 한 번만 쓰고 버리기엔 좀 아깝지 않나?' 하는 딱 그 정도로.

막걸리를 팔든 체험 프로그램을 팔든, 결국 소비재를 생산하는 것은 같았고 과잉 소비와 과잉 공급의 시대에서 이런 업종을 선택한 건 순전히 내 이기심 때문임을 잘 알았다. 비록 가내수공업이라고 말해도 문제없을 만큼의 작은 규모라 어떤 영향이든 미미할 테지만, 내가 하고 싶은 일을 하겠다는 개인적인 욕망이 이타심을 짓누른 건 사실이다. 그래서 필연적으로 발생할 환경 파괴와 피해를 가능한 줄이고 싶었다. 필수적인 소모를 제외하고 모든 분야에서 언제나 더 나은 대안이 있는지를 찾았다. 당장의 편의를 위해 어딘가에서 갈취한 일시적인 이득을 얻기보단, 지금은 적게 쥐더라도 함께 쓸 여지를 남겨 두자. 이게 내가 결심한 지속 가능성이었다.

그래서 해일막걸리에서는 자신이 만든 술덧을 담아갈 다회용기를 가져오면 프로그램 체험비를 일정액 할인해 준다. 가지고 있던 용기를 한 번 더 쓰면 굳이 새 자원을 사용하지 않아도 된다. 만약 다회용기를 가져오지 못한다면, 매장에서 제공하는 용기를 가져가 여러 번 사용하실 수 있도록 유도하고 있다. 보통 막걸리 술덧을 담는 발효통은 장독 모양의 플라스틱 통인데, 막걸리가 들어있다는 걸 티 내기엔 좋지만 너무 개성이 강한 디자인에 부피도 애매하게 커서 술덧을 담는 용도 외에는 다시 쓰기 쉽지 않다. 그래서 고민 끝에 그다지 예쁘다고 할 순 없지만 적당한 크기와 모양으로 두루 활용하기 좋은 원통형 용기를 준비했다. 술덧을 거르고 나면 깨끗이 씻어서 곡물이나 시리얼, 파스타, 반려동물 간식 등을 넣어 냉장고에 쏙 보관하기 좋도록.

기념품을 담아 주는 종이봉투에 아무런 로고나 문구를 적지 않은 이유도 마찬가지다. 아무래도 로고가 크게 박혀 있는 봉투는 다시 쓰기 곤란하니까 애초부터 글자며 그림이며 인쇄하지 않았다. 해일막걸리에서 제공했다는 게 표가 나지 않아도 상관없다. 이 봉투에 다른 물건을 담아 다시 쓸 수 있다면야. 브랜드가 한 번 더 노출되는 것보다 한 번 쓰고 버려질 물건이 여러 번 사용되는 것이 더 가치 있다고 생각했다. 대신 명함을 태그처럼 만들어서 봉투 손잡이에 끼워준다. 그럼 연락처도 전달하는 김에 나름 의도된 디자인이 있는 쇼핑백처럼 보이게 할 수 있다.

우리 양조장에서 직접 만드는 막걸리는 투명한 공용 유리병에 담아 판매했다가, 다 마신 공병을 수거해 세척 후 재사용한다. 사

업을 구상할 때부터 가장 먼저 떠올린 아이디어였는데, 여러 현실적인 문제에 부딪혀 실현되지 못할 뻔했다. 하지만 결국 될 운명이었는지, 비슷한 사업을 하는 업체를 알게 되어 공병 순환 계획을 실현할 수 있었다. 우선 해당 업체로부터 살균·소독된 유리병을 매입하고, 막걸리를 담아 판 다음, 손님이 매장으로 병을 반납하면 1차로 씻어 보관했다가 다시 그 업체로 보낸다. 도착한 유리병은 다시 전문 세척 과정을 거쳐 깨끗해지고, 나는 다시 그 유리병을 사와 막걸리를 담아 판다. 꿈꾸던 공병 순환이다. 단점이라면 제조 원가가 매우 높아진다는 것과 병의 디자인이나 용량을 내 마음대로 선택할 수 없다는 것 정도가 있다. 아무래도 미리 정해진 병을 조금씩 사입해야 하다 보니 어쩔 수 없었다. 이 때문에 아쉽다는 의견도 종종 들었지만, 역시 매출을 조금 더 늘리는 것보단 폐기물을 조금 더 줄일 수 있는 결과가 좋다.

병에 붙일 라벨을 만들 때도 지속 가능성을 생각했다. 무라벨이 가장 좋겠지만 주류는 필수로 제품에 기재해야 하는 문구가 있기도 해서, 최소 크기로 제작했다. 손가락 하나 정도 크기의 주 라벨에는 술 이름과 도수, 용량만 적혀 있다. 정보 표시면인 보조 라벨은 필요한 내용만으로 꽉 채워 여백을 거의 두지 않았다. 라벨 한 장이 다 합쳐 내 손바닥보다 작다. 이 면적 때문에 관련 부처에 전화를 돌리느라 애를 먹었지만, 기어코 문제가 없을 거라는 답을 받아냈다. 덕분에 일반적인 라벨보다 비닐 사용을 절반 이상 줄이는 데 성공했다. 위생상 뚜껑을 봉하는 비닐을 추가로 써야 하는 게 아쉽지만 이 정도면 선방했다고 본다. 별다른 장식도 없다. 매장에서 막걸리를 구매하면 입구를 한 번 더 봉할 겸 붙여주는 마스킹 테이프가 유일하다. 확실히 화려한 색과 모양을 자랑하는 다른 술들과 나란히 두면 수수하다 못해 빈약해 보이지만, 비교될 일이 얼마나 있겠나. 쓰레기가 덜 나온다는 장점을 위안 삼으며 출시부터 지금까지 가벼운 차림을 유지 중이다.

　제품 포장도 대안을 찾았다. 우선 포장비를 따로 책정해 가급적 손님들이 장바구니를 지참하도록 장려했다. 부득이하게 포장을 할 경우에는 사탕수수로 만든 트레이에 병을 꽂아 세우고 PCR 봉투에 담아 준다. 이때 동봉하는 아이스 팩은 막걸리 생산 공정에서 나오는 쌀뜨물이나 냉각수를 재사용한 것으로, 하나하나 직접 채워 얼렸다. 스티로폼이나 비닐 재질의 보냉백에 비해서 냉기 보존 능력도 미약하고 덜 깔끔해 보이지만, 한 번 쓰고 버려질 쓰레기를 생각하면 훨씬 마음이 편하다.

　마지막으로 막걸리 자체도 지속 가능한 재료를 사용하고 있다. 주재료로는 유기농 멥쌀을 쓴다. 유기농법으로 지어진 작물과 그들이 살던 땅은 본래의 자연에 훨씬 가까울 테니까. 절차가 까다로운 유기농 인증을 취득한 농민을 응원하려는 뜻도 있다. 부재료 중에 레몬은 굳이 상품성이 떨어지는 못난이 레몬을 찾아 쓴다. 과육을 으깨 사용하다 보니 부러 모양이 예쁠 필요가 없다. 오히려 규격에 맞지 않는다는 이유로 폐기되는 레몬을 버리지 않고 적절히 활용하는 데 보람이 있다. 허브도 웬만하면 매장에서 직접 키워 쓰고 있다. 식물을 잘 죽이는 나에게는 힘든 일이긴 한데, 농약이나 영양제 같은 걸 따로 쓰지 않아도 매장 바깥에서 바람과

비를 맞히며 두니 알아서 잘 자라는 몇몇이 남았다. 필요할 때마다 생존한 허브 일부를 따서 술에 넣는다. 향기롭고 신선하다.

당연하게도 이 모든 시도와 활동이 완벽하지는 않다. 막걸리를 발효할 때면 양조장에 온종일 냉난방기를 틀어 놔야 하고, 냉장고와 제습기, 포충기는 언제나 전기를 소비하며 돌아간다. 쌀을 씻거나 증류를 할 때 흘려 버리는 물의 양도 상당하다. 따져 보면 대부분의 업무를 온라인으로 하고 있으니 데이터센터가 내뿜는 열에도 적잖이 한몫을 더하고 있을 테다. 어쩌면 이들은 내가 애써 고른 작은 선택으로 상쇄할 수 없을 만큼 너무 커다란 훼손일지도 모른다. 나는 환경 전문가도 아니기 때문에 구체적인 기대 효과나 올바른 정답을 도출해 낼 수도 없다. 완전히 친환경적으로 살 수 있는가 고민해 보면, 지금처럼 도시에서 문명을 누리며 사는 이상 불가능하다는 결론이 난다.

그러나 완벽에 도달할 수 없다면 모든 시도는 무용한가? 아니라고 믿는다. 가끔은 그래서 너 하나로 세상이 바뀌긴 하냐고, 실질적인 영향력을 내기에는 너무 규모가 작지 않냐고, 의심과 부정이 섞인 질문을 듣곤 한다. 아마 그들의 판단이 맞을 것이다. 세상은 바뀌지 않을 거고, 충분한 효과도 내지 못할 것이다. 하지만 이 적은 노력조차 하지 않았다면, 오로지 눈앞의 편익만 좇았다면; 그랬다면 나 하나로도 충분히 세상에 영향을 미쳤을 거다. 그러니 상해를 줄이려는 도전은 결과값의 크기에 상관없이 분명 의미가 있다.

이는 자본주의 사회에 살면서 경영학을 전공하고 돈을 좋아하는 내가, 스스로에게 느끼는 괴리를 메우기 위해 만들어낸 최선의 방식 중 하나였다. 우리는 충분한 돈을 벌면서도 사회적 이익을 창출해 낼 수 있고, 그게 아니더라도 최소한 해악은 줄일 수 있으리라. 앞으로도 계속 고집을 부릴 것이다. 아낄 수 있는 부분을 아끼고, 한 번 더 사용할 수 있는 것들을 다시 쓰며, 낭비되지 않을 만큼만 생산해야지. 지속 가능성이 지속되도록.

사실은
어둠의 마케팅단이
있어

비밀을 하나 고백하자면, 나에게도 숨겨진 마케팅 군단이 존재한다! 나는 이들을 어둠의 마케팅단이라고 부르고 있는데, 자신의 지인들에게 해일막걸리를 은근히 추천해 주는 일을 도맡아 하는 집단이다. 어둠의 마케팅단은 이름처럼 암암리에 활동한다. 평소에는 평범한 일상을 보내다가, 대화 중 전통주와 관련된 화제가 나오거나 특이하고 재미있는 체험 활동을 찾는 사람이 보이면 그 순간 미리 받은 지령을 수행한다. '아, 내가 먹어 본 막걸리가 있는데 정말 맛있더라' 혹은 '혹시 술 빚기 체험도 해봤어? 근처에 진짜 괜찮은 곳이 있는데' 등의 자연스러운 서두로 해일막걸리를 홍보하는 것이다. 핵심은 능청스러움이다. 해일막걸리에 대한 칭찬을 늘어놓다가, 결국 고객이 되기를 권유하는 셈이니.

빤히 보이는 베일에 감싸진 그들의 정체는, 짐작되다시피 내 친구들이다! 나는 친구들을 매장으로 초대하거나, 남는 술이나 음식을 챙겨주면서 이 사사로운 조직의 일원으로 포섭하고 있다. '혹시 고맙니? 그렇다면 이제부터 어둠의 마케팅단으로 활약하거라. 어디 가서 내 친구가 막걸리를 만든다고 스윽 말을 꺼내는 거야.' 틈날 때마다 언급해서 가랑비에 옷 젖듯 세뇌를 시켜도 좋다. 옆자리부터 서서히 마수를 뻗치도록!

별도의 보상 체계가 존재하지 않음에도 불구하고, 이들의 성과는 준수하다. 어쩜 그리 손쉽게 지인을 현혹하여 우리 매장으로 이끄는지 알 수 없지만 말이다. 고객들의 증언에 따르면, 한국 여행 중에는 막걸리 빚기 체험을 꼭 해봐야 한다며, 특별한 데이트를 찾고 있다면 술 빚기가 제격이라며, 법인 카드로 즐기는 직장 동료와의 워크숍은 막걸리 만들기가 딱이지 않냐며 설득을 당했다고 한다. 막걸리를 출시하고 나서는 그동안 먹어 본 막걸리와는 차원이 다른 데다가 지속 가능성까지 신경 쓰는 브랜드라며 구매와 협업을 종용하는 유려한 이유들이 몇 가지 더 추가됐다.

양조장과 공방 영업이 계속될수록, 어둠의 마케팅단에는 직접적으로 임명한 친구들 이외에도 명예 단원이 추가되고 있다. 어떠한 의도 없이 자연 발생된 이들은 해일막걸리를 한 번 이상 경험한 고객으로, 기존 단원과 마찬가지로 주위에 긍정적인 소문을 내주고 있다. 발 없는 소문은 국내를 넘어 해외까지 뻗어나가기도 했다. 명예 단원들의 재미있고 흥미로운 점은, 사실 나나 그들 스스로나 본인이 언제부터 어둠의 마케팅단에 소속됐는지 인지하지 못한다는 것이다. 누구도 몰랐던 이 비밀이 밝혀지는 순간은 우리가 언젠가 다시 만나 대화를 나눌 때다. 그분들이 종종 본인의 활약을 먼저 고백하시곤 하기 때문에 '그럼 혹시 해일막걸리의 어둠의 마케팅단이셨나'고 여쭤보게 되는데, 놀랍게도 전부 순순히 인정하신다. 유쾌한 웃음과 함께 끈끈한 종속 관계를 확인하는 이 문답 뒤에서 내가 의뭉스러운 미소를 짓고 있었다는 진실은 모르셨겠지!

얼마 전에도 달콤한 속삭임에 넘어오신 분들이 해일막걸리를 방문해 주셨다. 내가 바라던 바대로! 창업 초기부터 창설된 어둠의 마케팅단은 지금까지 단 한 번의 고비 없이 만족스럽게 작동 중이다. 여섯 다리만 건너면 전 세계인이 연결된다고 하는데, 이러다 지구촌 모든 사람들이 해일막걸리의 고객이 될 날이 머지않아 보인다. 후후……

특별하게 즐겨보는 막걸리

막걸리는 그냥 마셔도 맛있지만, 여기 조금 더 특별하게 즐기는 몇 가지 방법이 있다! 내가 최초로 개발한 레시피인지는 모르겠고, 아마 나만 아는 비밀도 아니겠지만, 어찌 됐든 맛있게 먹을 수만 있다면 된 거 아닐까?

막걸리 화채

정말 추천하는 레시피다. 우유나 사이다 대신 막걸리를 넣어 수박 화채를 해 먹어보자. 우선 시원하게 보관한 수박을 반으로 갈라 속을 파내고 막걸리를 양껏 부어준다. 미리 도려낸 수박 속, 망고나 딸기, 블루베리, 복숭아 등 다른 냉동 과일이나 통조림을 넣어도 좋다. 탄산이 부족하면 토닉 워터를 섞어보고, 달콤한 주전부리를 더하려면 젤리를 추천한다. 정말 시원하고 달고 맛있다! 취하는 느낌도 없이 술술 넘어가니 주의할 것!

술지게미 잼

직접 막걸리를 만들게 되면 부산물인 술지게미가 남는다. 술지게미는 다양하게 활용할 수 있는데, 내가 직접 해본 것 중에는 잼이 가장 독특하고 맛있었다. 만드는 방법도 쉽다. 술지게미에 동량의 설탕과 약간의 레몬즙을 넣고 뭉근하게 끓여주면 된다. 수분이 부족해 탈 것 같으면 막걸리를 조금 부어준다. 단, 누룩이 들어간 지게미는 식감도 별로고 숨어있는 벌레도 있다. 그러니 애초부터 누룩을 물에 불린 수곡 형태로 준비해 막걸리를 빚어, 밀기울이 남아 있지 않은 술지게미를 사용하길 바란다. 완성된 잼은 빵에 발라 먹기도 좋고 반죽에 얹어 쿠키를 구워도 좋다.

막걸리×아이스크림

더운 여름날에 찾게 되는 아이스크림. 아이스크림과 막걸리를 섞어 마시는 일은 이제 흔해진 것 같다. 바닐라 아이스크림에 아포카토 스타일로 막걸리를 조금 부어 즐기거나 아예 함께 섞어 쉐이크처럼 먹는 경우도 많다. 아몬드 같은 견과류를 토핑으로 올리면 보기도 좋고 식감도 더 살아난다. 묵직한 질감을 선호하는 사람들은 한 번 도전해 볼만한 맛!

실패 없이 무난한 조합이 하나 더 있는데, 바로 과일 맛 빙과류다. 고드름이나 아이스가이처럼 통에 든 빙과에 막걸리를 부어서 가볍게 흔들어 주면 끝이다. 흘러넘칠지도 모르니 너무 세게 흔들지 않도록 주의! 막걸리에 달콤한 과일 맛 얼음을 타는 셈이니 '아는 맛이 맛있다'는 바로 그 맛이다.

막걸리 초무침

반찬으로 제격인 초무침에도 막걸리를 써 보자. 기본 초무침 양념 레시피에 초고추장과 식초를 조금 덜어내고 대신 고춧가루와 막걸리를 섞는 것이다. 그러면 조금 더 달달하고 부드러운 느낌이 난다. 각종 채소와 원하는 추가 재료를 넣어 버무리면 되는데, 무나 당근처럼 딱딱한 채소는 미리 한 번 절인 후에 넣는 걸 추천한다. 나는 진미채와 어묵도 함께 넣어 만들어 봤는데, 어묵은 맛이 빨리 변하기 때문에 만든 후 일주일 안에 먹어야 맛이 좋았다. 수육이나 소면과 함께 곁들여도 훌륭할 듯싶다.

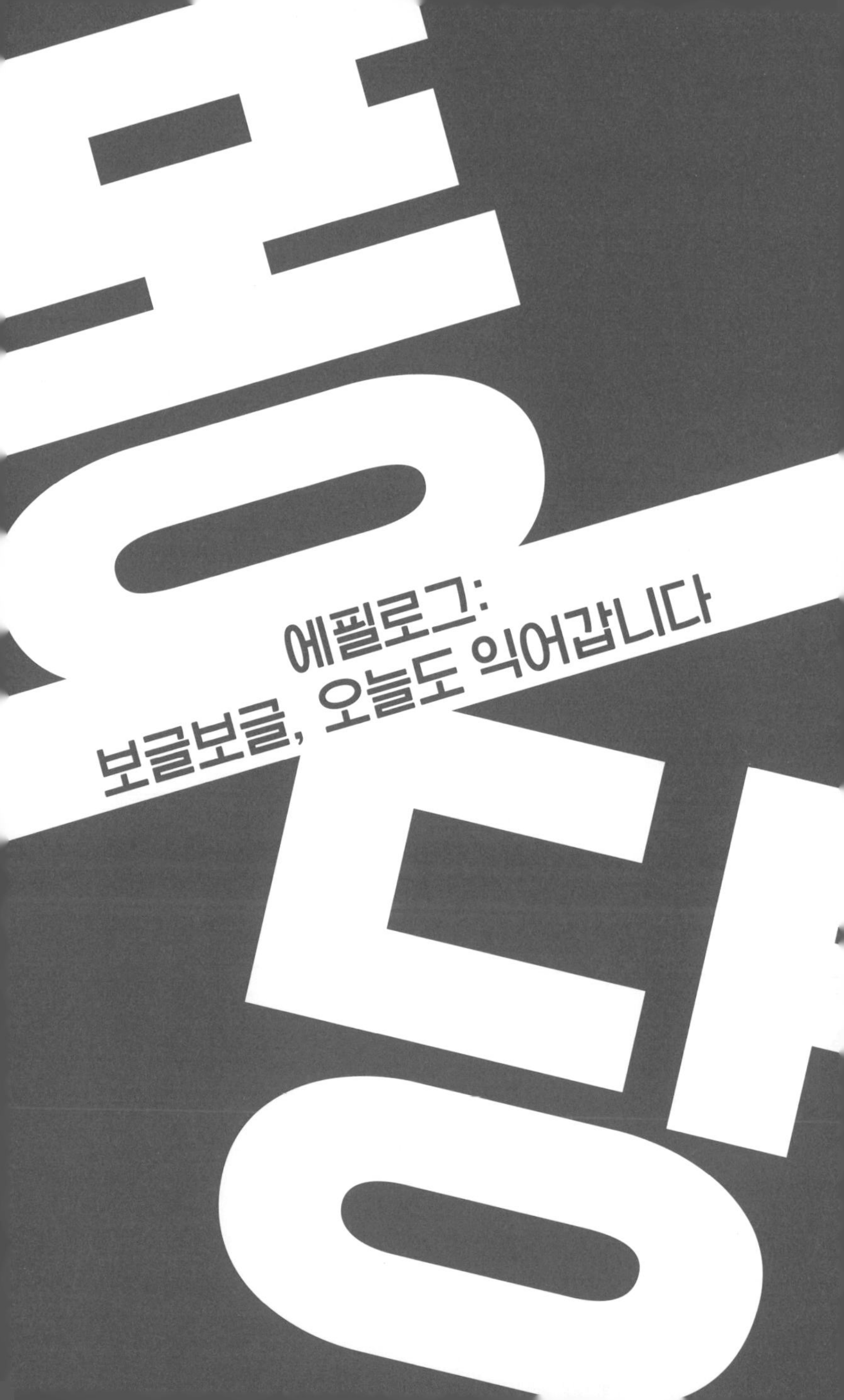

에필로그:
보글보글, 오늘도 익어갑니다

워라밸 대신 워크 이즈 라이프

회사에 다닐 땐 워라밸에 집착했다. 일만 하며 내 인생을 허비해 버리는 것 같아 그랬던 것 같다. 통근 시간까지 합치면 하루에 대략 10시간 이상을 회사를 위해 사용하니, 퇴근 이후나 주말에는 일 생각을 전혀 하지 않으려 애썼다. 어쩌다 메일이나 메신저에 새 알림이 떠도 열어 보지 않거나 대충 훑어보고는 기억에서 지웠다. 일이 사생활의 영역까지 침범해 오는 느낌이 싫었다. 업무가 끝나면 회사 근처에도 가지 않았다. 대신 집에서 푹 자고, 맛있는 음식을 먹고, 친구들을 만나며 스스로 보상을 주었다. 이런 삶이 보통의 균형이라고 생각했다.

그러나 그것만으론 충분하지 않았나 보다. 주말을 즐겁게 보낼수록 출근해야 하는 평일이 힘들어졌다. 벗어날 수 없는 쳇바퀴를 굴리는 미물이 된 것 같았다. 예측 가능해서 더 암울한 미래가 지겨웠다. 행복은 이토록 쉽게 휘발되는데, 우울은 언제고 진득하게 눌어붙어 있다니. 불공평하다. 일을 하는 이유를 찾지 못했던 시절, 간절한 목표도 사랑하는 것도 딱히 없었던 나는 오래된 답답함을 해소할 줄 몰랐다.

아무래도 지나치게 일에 매여 있는 게 문제인가 싶었다. 무릇 직장인이란 방학도 없는 존재니까. 그래서 창업을 하고 나면 꼭 일의 양과 시간을 조절해서 이상적인 워라밸을 지켜야겠다고 다짐했다. 내가 사장이니까 적당히 일하고, 적당히 쉬어야지. 일은 일이고, 내 삶은 삶이니까! 그런데 막상 창업을 해보니 웬걸, 일이 곧 삶이 되었다. 설마 이렇게 될 거라곤 전혀 예상하지 못했는데!

창업을 준비하기 시작했을 때부터 조짐은 있었다. 욕심껏 일을 벌이고 나면, 그걸 감당해야 하는 건 나였으니까. 전통주 교육, 양조장 인턴십, 지원 사업 과제, 온라인 콘텐츠 제작, 레퍼런스 수집, 견학, 주말 아르바이트를 일주일에 욱여넣으니 잠시도 틈이 나지 않았다. 회사를 다닐 때 주말 이틀만 쉬는 게 너무 적다고 불평했었는데, 이제는 한 달에 이틀도 맘 놓고 쉬지 못하는 일상이 꽤 오래 지속되고 있다. 어쩌다 아무 데도 나가지 않고 집에만 있게 되어도 끊임없이 일 생각을 해야 했다. 늘 가지고 다니던 수첩에는 해야 할 일의 목록이 빼곡히 적혀 있었는데, 하나를 지우면 둘이 더 생기곤 했다.

매장을 열고 나서는 더 심해졌다. 공방만 운영할 적에는 예약된 체험이 있는 날 위주로 출근했기 때문에 물리적인 외출 횟수는 적었지만, 그렇다고 일도 줄어든 건 아니었다. 신경 써야 할 것이 왜 이렇게 많은 건지. 가구의 먼지를 털고 나면 바닥이 더러워 보이고, 바닥을 닦고 나면 벽 모서리에 걸린 거미줄이, 다음엔 창문 얼룩이 탐탁지 않은 식이다. 까딱하면 필요한 재고가 떨어져 주문을 넣어야 하고, 밀린 장부도 채워 써야 하고, 세금도 놓치지 않고 제때 내야 한다. 막걸리 생산 일정 중에는 야근도 피할 수 없다. 와중에 손님이 오면 응대를 하고, 오지 않으면 오지 않는 대로 홍보도 더 해야 한다. 자잘한 서류 업무까지 모두 나 혼자 도맡았기에 벌어진 비극이지만, 놀랍게도 이 일과에 곧 적응이 됐다. 자영업이란 건 워크 이즈 라이프로 사는 거구나! 결론을 내렸을 즈음에는 나는 일주일 중 7일을 일하고 있었다.

그래도 삶은 적응의 연속이라지. 한동안은 이런 생활이 의외로 만족스럽게 느껴졌다. 어쨌든 나를 위한 일이기 때문이었을까? 업무 중인 시간은 직장을 다닐 때보다 늘어난 것 같은데, 스트레스는 그렇게 심하지 않았다. 나름 뿌듯함도 있었고, 재미도 붙였다. 스스로 추진하는 일이 대부분 내가 좋아하고, 내가 하고 싶은 일이라서 그랬을 수도 있겠다. '워라밸'보다 '워크 이즈 라이프'로 사는 삶이 더 행복할 수도 있구나, 오히려 이런 삶이 나와 맞는 형태일 수도 있겠다고 생각했다.

물론 위기도 있었다. 언젠가 휴일 하나 없이 두 달을 내리 일해 보니 체력이 동났다. 업무 강도가 유별나게 심하지도 않고, 퇴근하면 죽은 듯 침대에 누워 밤늦도록 딴짓을 할 수 있는 여유도 있었지만 무언가 잘못되고 있다는 느낌이 들었다. 어디에 하소연을 해봐도 돌아오는 건 '젊을 때 바쁘면 좋지'라는 메마른 답변뿐. 그때는 그동안 눌러놨던 잠적 욕구가 울컥 솟구치곤 했는데, 현실적으로 더 이상 도망갈 곳도 없었다. 뭐, 순응해야지.

일주일에 하루로 정해둔 공식 휴무일에 최선을 다해 쉬기로 했다. 20시간씩 자기도 하고, 기분 전환 겸 카페에 가기도 하고, 가끔은 추가 휴무일을 만들어서 짧게 놀러 다니기도 했다. 그날의 현장 판매 수입을 포기하는 만큼 진짜 일탈하는 기분이라 엄청 짜릿하고 만족스럽다. 집과 매장만 오가는 동선이 지루할 때쯤엔 출근 전이나 퇴근 후에 약속을 잡고 친구를 만나기도 한다. 체력적으로는 더 힘들긴 하지만 확실히 하루가 신선해진다. 생각해 보면 신도 천지를 창조하고 하루는 쉬었다는데, 이렇게 짬짬이 쉬어주는 게 옳은 것 같다.

지금도 나의 워크 이즈 라이프는 계속되는 중이다. 일이 도통 줄어들지를 않으니까. 아직 정규 휴일을 더 늘릴 처지는 아니어서 일일 업무량을 유연하게 조절하는 식으로 나름의 균형을 맞추려고 한다. 어쨌든 지금은 일하는 나와 일하지 않는 나를 뚝 떼어 놓을 수는 없는 노릇이다. 아마 앞으로도 계속 그럴 것 같다. 그렇다면 삶에 스며든 일을 잘 관리해 더욱 오랫동안 즐기며 일할 수 있기를, 지치지 않고 꾸준히 성실할 수 있기를 바라본다.

영업시간은 이미 끝났고, 거리는 어두워졌고, 바람은 차가워진 이 밤. 아직 설거지거리가 쌓여 있는 환한 매장에서, 아직 지우지 못한 할 일을 하나라도 더 해결하려 키보드를 두들기는 나. 오늘은 막차가 끊기기 전에 집에 돌아가리라!

순환하는
다정에
대하여

내실과 상관없이, 현재 매장을 운영하고 있으니 나름 번듯해 보이나 보다. 이제는 전통주 관련업을 꿈꾸는 분들이 나를 찾아온다. 내 막걸리를 맛보고, 시설을 둘러보고, 궁금했던 점을 질문한다. 불과 얼마 전의 나처럼. 흔한 직업도 아니고, 업계 자체도 접근성이 좋지 않기 때문에 그 마음을 매우 잘 이해한다. 지푸라기라도 잡는 심정으로 여기저기 연락하고 찾아가는 일을 나도 똑같이 했었으니까. 그럴 때마다 흔쾌히 대답을 해준 선배들이 없었다면 나도 여기까지 오지 못했을 거다. 그러니 비록 큰 도움이 되지 못하더라도 나를 찾아오는 이들에게 최대한 많이 알려주려 한다. 내가 받았던 호의를 되돌려 주고 싶은 건 어찌 보면 당연한 일이다.

정말 다양한 유형의 사람들을 만났다. 20대부터 70대까지 나

이대도 천차만별이고, 대학생부터 회사원, 자영업자 등 직업도 여러 가지다. 해외에 거점을 두고 계시다 한국 체류 중에 일부러 들리시는 경우까지 있었다. 계획 중인 일도 양조장, 공방, 바틀샵 창업이나 전통주 업계 취업, 혹은 지금 운영하는 브랜드의 신규 막걸리 출시 등 각양각색이다. 가끔은 미래를 그리며 직접 빚은 술을 들고 오시거나, 아예 우리 공방에서 테스트 배치를 빚어 보기도 하신다.

방문 목적이 목적이다 보니 그분들과는 보통 때보다 길게 대화를 나누게 된다. 왜 막걸리 업계에 뛰어들 결심을 하게 되었는지, 앞으로의 계획은 무엇인지 듣다 보면 공감이 가기도 하고 걱정이 되기도 한다. 그러나 내가 뭐라고 감히 조언을 해줄 수 있을까? 할 수 있는 건 그저 내가 아는 정보와 경험을 탈탈 털어주는 것뿐이다. 술 빚기를 배울 수 있는 교육 기관이나 서적을 추천하고, 소규모 주류 제조 면허를 취득했던 과정을 복기하고, 막걸리 제조의 현실을 일러준다. 응원은 덤이고.

때때로 공식적인 인터뷰 요청을 받기도 한다. 별다른 사유가 없으면 수락하고 있다. 사정상 대면할 수 없으면 이런 인터뷰라도 찾아보게 되니까. 나도 많은 양조장 대표님들의 인터뷰 기사에서 힌트를 발견하곤 했었다. 인터뷰에서는 좀 더 의젓한 태도를 취하긴 하지만, 대답은 가감 없이 솔직하게 하려 한다. 나의 경험이 누군가에게 유익하길 바라면서.

흥미로운 건 이런 기회를 통해 나도 무언가를 항상 배운다는 점이다. 근래에는 일과를 따르기도 벅차서, 새로운 소식을 놓치는 경우가 많다. 대한민국에서는 트렌드에 기민해야 살아남는다던데, 뉴스는커녕 뉴스레터나 단체 채팅방도 잘 확인하지 못한다. 매 분기 열리는 전통주 박람회에도 가지 못한 지 꽤 됐다. 기껏해야 우연히 보게 되는 소셜미디어 광고로 몇몇 신제품을 알게 되는 정도다. 하지만 예비 창업자는 최신 유행에 가장 민감한 사람이 아니던가. 내가 미처 파악하지 못했던 업계 내 사건 사고와 인기 상품을 기꺼이 공유해 준다. 관계자가 아니면 잘 알 수 없는 뒷이야기까지! 덕분에 요즘은 어떤 브랜드와 활동이 주목받고 있는지도 알게 되고, 맛 좋은 술을 새로 추천받기도 한다. 이 모든 주제가 대화 중 자연스럽게 흘러나오니, 재미가 없을 수 없다.

꾸준히 연락을 이어가는 건 아니어도 짧은 만남 뒤 돌아가신 분들이 과연 꿈을 이루셨을까 궁금하다. 해외에서 레스토랑을 하시던 사장님은 되돌아가자마자 제품 개발과 출시까지 끝내셔서 훌륭하게 막걸리를 팔고 계신다. 강원도에서 막걸리 양조장을 차리시려던 분은 노선을 틀어 바틀샵을 열게 되셨다고 했다. 아직 회사에 재직 중이지만 짬을 내어 본인의 술을 연구하던 분은 이제 퇴사를 하셨을까? 막걸리를 응용한 식품을 개발하던 학생들은 어떻게 지내고 있을까? 지원 사업에 참여하던 분은 무사히 원하던 결과를 얻으셨을까? 양조장 취업을 꿈꾸던 학생은 목표를 이뤘을까? 불모지에서 지역특산주를 개발하던 분은 계속 나아가고 계실까? 과연 내가 그들의 과정에 보탬이 되었을까?

나는 대단히 너그러운 사람도 못 되고, 천성이 바르지도 않다. 여전히 손해 보기 싫어하고 쥔 것을 놓기 아까워한다. 이런 내가 대가 없이 경험을 나누는 건 모두, 이미 나에게 대가 없이 경험을 나눠준 분들 덕이다. 서로의 용기를 응원하고 실패의 전철을 밟지 않도록 귀띔해 주는 다정한 인정. 막걸리를 빚기 시작하며 체감하는 선순환이다.

막걸리도 나도
여전히
살아있어

지금도 술을 통해 인생을 배운다.

처음 선보인 막걸리는 소비 기한으로 정해둔 45일이 지나자 득달같이 맛이 가버렸다. 텁텁한 맛에 쿰쿰한 냄새가 났다. 두 번째로 담근 막걸리는 수명이 조금 더 길어져 일주일 정도는 그럭저럭 더 견디는 듯했다. 세 번째 막걸리는 그보다 조금 더 견뎠다. 요즘 나오는 막걸리는 만든 지 두 달 하고도 일주일쯤 더 지나도 신선한 느낌으로 마실 수 있다. 양조장의 효모가 안정화된 덕이란다.

시간을 보내다 보면 이처럼 좋은 일도 생기지만 나쁜 일도 생긴다. 양껏 만들어 둔 막걸리가 팔리지 않아 그대로 폐기될 재고로 남기도 했다. 새 막걸리를 채워야 할 냉장고에 팔지도 못할 오래된 막걸리가 눈치 없이 자리를 꿰찼다. 처리를 한답시고 나 혼자 부어라 마셔라 해봤자 줄어든 티도 나지 않는다. 심지어는 반 년이나 제자리를 지킨 술병도 있었다. 그렇게 오래 냉장고에 묵혀 두면, 막걸리는 점차 두 개의 층으로 분리된다. 맨 아래 바닥에는 앙금이 눌러앉고 그 위에는 맑은 술이 뜬다. 시간이 더 흐를수록 앙금 층은 더 얇고 단단해지며, 맑은 술이 차지하는 부분은 늘어난다. 그 맑은 술이 바로 약주다.

약주를 만들 생각은 없었다. 약주보다 탁주가 취향에 더 잘 맞으니, 굳이 별로 좋아하지 않는 술을 낼 필요가 없다. 그러다 어느 날은 계륵같이 모셔 두던 오래된 술병을 열었다. 끝까지 팔리지 않았던 해막홍실과 해막굴참이었다. 보통은 앙금이 섞이도록 흔들어서 마실 텐데, 그때는 무슨 호기심이 들었는지 조심스럽게 맑은 윗물만 따라 약주로 마셔봤다. 그런데 웬걸. 너무나 맑고 깔끔한데, 달콤한 맛과 은근한 향미가 훌륭했다. 산미도 적당해 질리지 않았다. 독한 알코올 도수가 느껴지는데도 코와 목을 찌르는 불쾌함은 없었다. 목구멍을 끈적하게 넘어가지만 찝찝함은 없는 산뜻한 여운까지. 의도치 않았지만 꽤 괜찮은 약주였다.

병에 찍힌 날짜를 보니 반년은 훌쩍 넘게 동면하던 술이었다. 혹시나 하고 재차 흔들어서 탁주로도 마셔봤다. 예의 낡은 냄새가 올라왔다. 앙금이 문제일까? 궁금증이 일어 석 달쯤 지난, 덜 오래된 술도 깨워 마셨다. 투명한 약주만 따른다고 따랐는데 맛이 조화롭지 않았다. 신맛이 강했고, 케케묵은 티가 났다.

요컨대 정리하자면, 내 막걸리는 약 두 달까지는 계획한 대로 청량하고 싱싱한 향미를 유지했다. 그러다 병입을 한 지 두 달여가 지나면 삭은 전분내가 느껴졌다. 구수하다고 볼 수도 있겠지만 내 기준에서는 불쾌한 쪽이다. 이 술을 버리지 않고 여섯 달쯤 인내하면 흐트러졌던 균형이 다시 중심을 잡으며 부드러운 약주로 변한다. 살아있는 술의 변화는 아직도 신기하다.

술맛이 무너졌다가 회복될 동안 사업도 여러 번 오르락내리락 휘청거렸다. 어떤 날은 기업 대상 강의를 맡아 넉넉한 예산으로 먹고살 만한 돈을 벌다가도, 어떤 날은 며칠째 손님이 한 명도 오지 않았다. 소비 기한이 지난 술들로 조리대 아래에 있는 두 번째 냉장고까지 가득 차 곤란했던 기간을 보낸 적도 있었고, 예상보다 술이 빠르게 품절되어 찾아온 손님을 아쉽게 돌려보내야 한 적도 있었다. 다달이 최고 매출을 경신하고 나면, 그다음은 다달이 매출이 떨어졌다. 누군가에겐 대목이자 특수라는 연말연시에 우리 매장은 왜인지 텅 비기도 했다. 그러나 한껏 쓸쓸했던 겨울도 결국엔 지나가고, 따뜻한 봄이 되니 다시 하나둘 손님이 찾아온다.

삶이라는 건 기어코 매끈해지지 않았다. 원하는 건 얼추 하고 사는 지금에도 매일이 평탄하지만은 않다. 크고 작은 굴곡을 넘나드는 게 생인 듯싶다. 아직도 자주 할 일을 놓치고, 기한을 넘기고, 지각하고, 말을 더듬는다. 울컥 짜증이 솟아 응대를 제대로 하지 못한 순간도 있었다. 후회하고, 반성하고, 그러나 다음에도 발전 없이 같은 실수를 반복하고 있다. 돈은 잠시 벌렸다가, 한탕 크게 쓰이고, 별로 모이지도 않는다.

갑자기 다 내던지고 깊숙한 산골로 도망가고 싶은 충동이 생길 때도 있다. 흔들거리다 보면 또 제자리를 스친다. 건너건너 칭찬을 전달받고, 웃게 되고, 뿌듯한 하루를 보낸다. 내일의 출근이 기다려지기도 한다. 나보다 막걸리가 먼저 알고 있던 것처럼, 흘러가는 시간에 따라 좋았다가 나빠졌다가 또 좋아진다. 그래, 섣불리 포기하지만 않는다면 결국 좋아질 확률이 크지. 살아있으니까 흔들리는 건 당연하지.

거창한 뜻 없이, 그저 발음이 예뻐서 지었던 이름이 해일이었다. 언젠가 갑자기 남들 앞에서 이름의 의미를 소개해 보라길래 급히 덧붙였던 게, '인생의 파도를 뛰어넘는 더 큰 해일이 되겠다'

는 말이었다. 해몽이 적절했을까. 바람은 멈추지 않고 매일 새로운 턱을 마주한다. 그러나 내가 겪은 크고 작은 경험이 모두 발판이 되어준 덕에, 이제는 파도에 정면으로 부딪혀도 심한 통증을 앓지 않는다. 단지 그러려니 한다. 이 어려움도 곧 지나갈 것임을 안다. 모든 사람이 자연히 타고나는 부력은 우리를 물 위로 떠오르게 한다. 힘을 빼면 어떤 수면에서든 숨을 쉴 수 있다. 다행이다. 망망대해에 아득바득 갈망하는 목적지는 없다. 둥실 떠다니는 지금의 즐거움이 계속되면 좋겠다. 나와 해일막걸리가 앞으로도 너울을 넘어 유순히 항해하기를. 조그마한 술독이 되었든, 거대한 삶의 바다가 되었든, 물살이 오가는 이 항해의 시간을 온전히 누리기를.

작은
꿈도
괜찮잖아

달이었던가, 북극성이었던가. 모두들 목표는 저 하늘의 별만큼 크고 높아야 한다고 했다. 그래야 더 열심히 노력하게 되고, 만약 목표를 달성하지 못하더라도 웬만큼은 훌쩍 올라와 있을 거라고. 일리 있는 말이다. 머나먼 천체를 바라보기엔 내가 너무 허약했다는 게 함정이지만. 쉬이 닿지 않을 목표를 향해 전진하는 여정은 막막했다. 아무리 시간이 흘러도 거리는 전혀 좁혀지지 않은 것처럼 보였고, 가끔은 오히려 전보다 더 멀어진 것만 같았다. 미처 이루지 못한 목표는 언제고 어깨를 짓누르는 짐 덩어리처럼 느껴졌다. 매일이 무거웠다. 성취에 실패하고 나면 남은 건 아픈 추락이었다.

살아오며 가늠이라는 재능을 키웠다. 성긴 계산 후에 될 것 같은 일은 하고, 되지 않을 일은 지레 포기했다. 나름대로 나 자신을 보호하기 위한 조치였는지, 내 방점은 항상 낮은 곳에 찍혔다. 쉽고 빠르게 실현할 수 있도록, 씁쓸함을 느끼지 않고 편하게 살 수 있도록. 그렇게 기대를 낮추면 여러모로 만족하기 수월했다. 어쩌다 운이 좋아 목표 이상의 성과를 얻게 되면 더 큰 기쁨과 재미를 얻었다. 이런 방식이 속 좁은 나와 잘 맞았다.

창업의 목표도 비슷하게 저점에 있었다. 종종 입에 풀칠이 가능할 정도만 벌었으면 좋겠다고 말하고 다녔다. 그런 재수 없는 말이 씨가 된다며 호되게 혼난 적도 있었다. 하루에 5만 원 정도만 매출이 나와도 출근한 보람이 있을 것 같다고 했더니, 그럴 거면 당장 그만두고 나가서 아르바이트를 하는 편이 낫겠다는 말도 들었다. 지금처럼 안일한 마음가짐으로는 절대 오래 가지 못한다고 훈계도 여러 번 받았다. 모두 맞는 말이었긴 한데, 글쎄.

조급함이 될 일도 망치지 않던가. 어차피 안 될 일에 전전긍긍 신경을 쏟는 건 기력 낭비다. 매장을 연 첫해에는 앞으로 1년간은 월세만 벌어도 준수하다고 생각했다. 사전 예약이 필수인 막걸리 체험 프로그램 딱 하나만 가지고 이 위치에서 장사하는 현실을 고려하면 그 정도가 내 계산 결과였다. 그리고 계산은 적중했다. 내 노동의 대가를 무료로 치니, 가져가는 돈은 없어도 한동안 정말 정확히 월세만큼 벌 수 있었다. 이만해도 운이 좋았다고 생각했다.

그렇다면 이제는 월 매출 200만 원을 넘겨보자고 다짐했다. 다음 해에 월 매출이 200만 원을 돌파했다. 그럼 조금만 더 욕심을 내서 이번엔 한 달에 300만 원을 벌어보자. 체험 프로그램만으로는 쉽지 않았지만, 거기에 막걸리 판매 매출이 더해지니 결국 바라던 바를 이뤘다. 연초에 꿈꿨던 연 매출 3,000만 원을 현실로 만들었다. 매출 곡선이 꾸준히 우상향을 그린 건 아니었고, 합쳐 보니 별거 아닌 금액이지만, 모로 가도 내 목적지로는 갔다. 이거면 된 거 아닌가.

다음 목표도 소박할 예정이다. 비록 누군가에겐 목표라고 부를 수도 없을 만큼 하찮아 보일 수도 있겠지만, 나는 작은 꿈을 꾸는 게 편하다. 상대적으로 이루기 쉬운 목표를 빠르게 성취하는 게 더 보람차니까. 별을 좇다 목이 꺾이는 대신 눈가의 반딧불을 잡겠다. 나의 원동력은 단순하다. 좌절이 채울 자리를 효능감으로 대체하기. 작은 성취를 자주 이루며 해냈다는 행복을 얻기. 이거면 나는 오래 일할 수 있다. 그러니 거대한 성공을 바라지 않는다. 꾸준히, 질리지 않고 성취하는 것만으로 충분할 테니.

뒷걸음치다 술독에 퐁당

펴낸날　　초판 1쇄　2026년 5월 15일

지은이　　한지혜
펴낸이　　홍성욱
펴낸곳　　톰캣
출판등록　2023년 2월 21일(제 2023-000043호)

주소　　　경기도 고양시 고봉로 20-32
전화　　　031-811-4774
팩스　　　0504-372-4774
이메일　　tomcat-book@naver.com

ISBN　　　979-11-997218-9-0　03810

※ 값은 뒤표지에 있습니다.
※ 잘못 만들어진 책은 구입하신 서점에서 바꾸어 드립니다.

책임편집·교정교열　이은찬